講談社文庫

池魚《ちぎょ》の殃《わざわい》

鬼籍通覧

椹野道流

講談社

目次

池魚の殃

鬼籍通覧

一章　おそれてはならない

目が覚めたとき、伊月崇《いづきたかし》は闇の中にいた。

「……う……？」

まだ意識を七割がた眠りの世界に残したまま、伊月はぼんやりと考えた。

(真っ暗だな。まだ夜、か。つかそもそも俺、いつ寝たんだっけ。風呂、まだ入ってないよな)

別に、深夜にふと目が覚めるのは珍しいことではない。アルコールが切れたタイミング、差し迫ったトイレへの欲求、物思いに耽《ふけ》って眠りが浅くなったとき、あるいは悪夢にうなされて……。

そう、原因は色々ある。

だが、こんなふうに眠りに落ちた記憶すらなく、まるで異世界に落とされたように何の脈絡もなくぽっかりと目覚めるというのは、初めての経験だった。

しかも、伊月には何も見えないのだ。

何度も瞬《まばた》きを繰り返し、瞼《まぶた》に触れ、自分が開眼していることを確かめても、やはり目に映るのは真っ暗闇だけだった。

（どういう……ことだ……？）

何かがおかしい。

これは、いつもの目覚めと決定的に違う。

本能的な恐怖に襲われ、伊月の睡魔は驚くほどの素早さで追い払われていった。

副腎髄質《ふくじんずいしつ》から急速かつ大量に分泌されるアドレナリンと、一瞬にして優位に立つ交感神経。

伊月の心臓は鼓動を速め、血圧は上昇し、呼吸は微妙に荒くなる。

みぞおちが石でも詰められたように重苦しくなったのは、胃腸の働きが抑制されている証拠だ。

「……なんだ……？」

伊月が呆然《ぼうぜん》としている間に、身体のほうは未知の脅威に対して着々と態勢を整えていった。

闘争するにせよ逃避するにせよ、こういうとき、脳は生き延びることのみに集中して最善を尽くせるよう、勝手に全身のコンディションを調節していく。

生まれながらに人間に備わった危機管理システムは、絵に描いたような今どき人間の伊月の体内でも、立派に機能しているようだ。

普段は、同居人の筧兼継《かけいかねつぐ》に呆《あき》れられるほど寝起きが悪く、近所でボヤが出て消防車が来ても目覚めないほど眠りの深い伊月である。

しかし、さすがにこのあからさまな非常事態においては、さぼりがちな身体も本気を出してくれたものらしい。

思考も、霧が払われるようにクリアになっていくのを感じる。

（とりあえず、ここはどこだ？　いったいぜんたい、俺はどうなってる？）

心は未だかつてないほど動転しているが、現状を把握しないままアクションを起こすのは、危険過ぎる。

何かしろ、とにかく動けという脳の狂おしいまでの催促を敢《あ》えてねじ伏せた伊月は、目覚めたときの体勢のまま、慎重に周囲の様子を探ろうとした。

以前の彼なら、容易《たやす》くパニックに陥っていたことだろう。

しかし、法医学教室で過ごしたほぼ一年という時間が、彼を鍛《きた》え……特にメンタル面で以前より遥かに強くしてくれている。

伊月は一つ深呼吸をして、口から飛び出しそうな心臓を幾分落ちつかせた。

（固いな）

最初に感じたのは、下半身は右を下にした横向き、上半身だけが中途半端なうつ伏せという自分の奇妙に捻《ねじ》れた体勢と、頬《ほお》に触れる床面の冷たさ、固さだった。

自分でそんな風に横たわったというよりは、誰かに乱暴に放り出されたと考えたほうがよさそうな、どうにも不自然な姿勢である。手足はいかにも無造作《むぞうさ》に投げ出したという風だし、胸の下敷きになっていたせいで右腕の血行が阻害され、指先がすっかり痺《しび》れてしまっている。

「床の……上？」

伊月は横たわったまま腕を伸ばし、そろそろと無事な左手の指先を床に滑らせてみた。

冷たい。地面は酷《ひど》く冷えている。

「これは床材、だよな」

床面自体はツルリとした合成樹脂《じゅし》を思わせる感触だった。うっすら埃《ほこり》が溜《た》まっているらしく、触っているとたちまち指先がざらついた。

基本的に固いが、指先に力を入れてみると、ほんの少し弾力を感じる。おそらくクッションフロアの類《たぐい》なのだろう。

（まず、俺がいるのは室内……か）

そう考えたのは、床の感触に加え、空気の流れをまったく感じず、物音一つ聞こえないからだ。今いる空間の広さは見当もつかないが、少なくとも屋外ではなさそうである。

腹ばいになり、両腕をいっぱいに伸ばして探ってみても、何も触れない。すっかり埃っぽくなった両手を服で拭《ぬぐ》おうとして、伊月はふと、自分がスーツの上にロングコートを着込むという、普段とまったく違うフォーマルな装いであることに気付いた。

（あれ？　俺、何でスーツなんかで寝てんだ？　パジャマどころか、超絶おめかし状態じゃん。つか、寒！）

驚きのあまりそれまで感じていなかったが、自分の服装を自覚するなり、寒さが襲ってきた。

衣服に覆われた体幹部はともかく、顔面や手足は氷のように冷たい。ずっと床に押しつけられていた頬は、強張《こわば》ってしまっていた。

どうやら、かなりの長時間、そこに横たわって意識を失っていたようだ。

「うわ、なんか寒い！　我に返ったら、滅茶苦茶寒いじゃねえかよ」

伊月は大きく身震《みぶる》いした。

今は三月上旬なので、まだまだ寒いのは当然だ。しかし、どうやら彼が今いるこの空間には、エアコンは言うまでもなく、ストーブ一つすら置かれていないらしい。寒さは、真冬の屋外のそれに匹敵するほどだ。

「何だって……こんなことになってんだ？　何で俺は、自分の家にいないんだ？」

たぶん呟《つぶや》く声と共に白い息を吐《は》いているだろうに、それすら今の伊月には見ることができない。途方に暮れて、彼は嘆息《たんそく》した。

通常、「寝て起きた」なら、そこは、幼なじみの筧兼継と同居しているアパートの、自分のベッドの中のはずだ。

しかし今、彼は布団《ふとん》も着ずに、暗闇の中、どこかの固い床の上に横たわっている。しかも、普段は滅多に着ることのない一張羅《いっちょうら》のスーツを着て。

「よく凍死しなかったよな、俺。っていうか、マジで何だ、こりゃ。俺、いったいどうしてこんなとこで……痛ッ」

さすがに我慢しきれず身を起こそうとした瞬間、伊月は後頭部からうなじに走った鋭い痛みに悲鳴を上げた。

反射的に手を当てると、大後頭孔《だいこうとうこう》、いわゆる「ぼんのくぼ」の少し上あたりが、驚くほど大きく腫脹《しゅちょう》していた。

元から頭蓋骨《ずがいこつ》の表面がゴツゴツとした隆起を形成している部位ではあるが、そこがさらに腫《は》れ上がっているのだ。

軽く触れただけでも痛いし、動いて若干《じゃっかん》は血行がよくなったせいだろう。ただじっとしていても、局所が疼《うず》き、鈍い自己主張を繰り広げ始める。

動脈の拍動がはっきりカウントできるほどの、実に不愉快な痛みである。

「いってぇ……。どう、なって……んだ？　ぐあ、痛っ！　気持ち悪っ！」

痛みを我慢して頭の腫脹した部分を注意深く触ってみると、どうも頭皮の下がブヨブヨ、フカフカしている。これはまさに、「たんこぶ」の感触だ。

頭蓋骨の明らかな骨折は触れないが、とにかく後頭部を強打したことに間違いはない。軽い脳挫傷《のうざしょう》くらいは生じている可能性がある。

指先が少しぬるついたところをみると、軽い外傷も伴っているようだ。

「絶対、多少バカになってる。何だ？　俺、こんなことになるほど、いつ、どこで頭をぶつけたんだ？　つかそれ以前に、ここはどこだ？　いやそれより、なんで何も見えないんだ？」

痛みのせいで冷静さを失った伊月は、狼狽《うろた》えた呟きを漏《も》らしながら、何度も瞬きを繰り返してみた。

だが、目を閉じても開いても、細めても見張っても眇《すが》めても、結果は同じだ。やはり何も見えない。

「嘘……だろ……」

今いる空間が暗いのではなく、自分の目に何も見えていないのではないかという恐怖が、冷たい電流となって背筋を駆け上がり、脳に突き刺さった。

「もしかして……後頭部打撲で、視覚野《しかくや》がやられた、とか？」

失明したかもしれない。

そんな恐怖感で、全身がカタカタと小さく震え始めた。寒いのに、手のひらがじっとり汗ばんでくる。

「いや、待て。早まるな、俺。もしかしたら目は大丈夫だけど、暗すぎて何も見えねえのかも。その可能性のほうがでかいだろ、普通に！」

心の中で考えればいいだけの言葉を、伊月は不安をごまかしたい一心で、さっきから敢えて声に出し続けていた。

だが、それに反応する声はなく、彼の声は、微妙なエコーが掛かりながら、周囲の空気に拡散して消えていく。どうやら彼がいるのは、かなり広い建物の内部であるらしい。

床に胡座《あぐら》をかいた姿勢でソロソロと両手を水平に広げてみたが、指先までめいっぱい伸ばしてみても、やはり何も触れない。頭の痛みに耐え、そのままヘリコプターのように、腰を捻《ひね》りながら腕を回してみたが、指先は虚しく空を切るばかりだった。

それならばと、伊月は思いきって立ってみることにした。

「……………痛ッ。くそ、何だってんだよ」

両手を床について身体を支え、警戒しながらゆっくりと立ち上がると、頭の傷と共に、腰が鈍く痛んだ。不自然な姿勢で倒れていたせいで、全身の関節が軋《きし》む。

「頭痛いし、あちこち油が切れたみたいに強張ってるし。ああくそ、これ、マジでたんこぶだけか？　脳内出血とか、してるんじゃねえだろうな。硬膜外血腫《こうまくがいけっしゅ》の、意識清明期なう……とか？　勘弁してくれよな、そういうの。何が起こったかわかんないうちに、ひとりで死ぬとか嫌だぞ、俺」

そんな不安を抱きつつも、伊月はまずはストレッチして、強張った身体を解《ほぐ》そうとした。いざというとき、満足に動けないようでは困ると思ったのだ。

しかし頭が痛む上に何も見えないだけに、いつものように大胆に動くことはできない。

もし今、伸ばした指先に何かが触れたとしたら、それが何だとしても、きっと伊月は驚きと恐怖で絶叫してしまうだろう。

その一方で、足の裏が床に接している以外、身体のどこも何にも触れないという現状が、視覚を奪われた彼には何かに触れると同様、いやそれ以上の恐怖をもたらしていた。

とにかく、怖くて怖くてたまらない。

「……無理！」

ほんの数歩、すり足で歩いてみたものの、自分がどこにいて、どの方角に向かって歩いているかすらわからない暗闇では、怖くて足が竦《すく》む。

結局伊月は、ろくに動けないまま、再び座り込んでしまった。

「俺の目、どうなってんだろ。やっぱ……」

見えなくなっているんだろうか、と言いかけたものの、その可能性を考えるのが恐ろしすぎて、彼は言葉を飲み込んだ。

見知らぬ場所にスーツ姿で倒れていたこと、後頭部に謎の負傷をしていること、そして何故そんなことになっているのか、さっぱり思い出せないこと。

それだけで、伊月の理性のキャパシティは上限ギリギリである。この上、自分が失明した可能性を真剣に考慮するには、彼は怯《おび》えすぎていた。

「こ……この場所が、暗すぎるだけだよな？　俺の目、ちゃんと見えてんだよな？

そうだ、しばらく目を開けてりゃ、きっと……」

伊月は膝《ひざ》を抱え込み、膝小僧に尖《とが》った顎《あご》を載せて、必要以上に目を見開いてみた。

「…………」

それは、伊月がこれまでの人生で一度も経験したことのない闇だった。

これまでの彼は、眠るときに照明を落とすことで訪れるあの暗がりを「闇」だと思っていた。だが、あれは闇とは似て非なるものなのだと、今は骨身に染みてわかる。

灯《あか》りを消したとき、一時的に何も見えなくなったとしても、しばらくじっと目を開いて待っていれば、やがて室内の色々な物のシルエットが浮かび上がり始める。

網膜《もうまく》において、明るい光がないと反応できない錐体《すいたい》細胞に代わって、色覚はないものの、ほんの僅《わず》かな光で興奮する杆体《かんたい》細胞が働き始める……いわゆる夜間視力に切り替わることで、通常の暗がりでは、視覚が奪われることはないのだ。

色こそ認識できないものの、物の形は比較的はっきりとわかるようになる。

だが今、闇の中でどんなに待ってみても、伊月の杆体細胞はその機能を発揮する気配がなかった。

つまり、失明したのでない限り、彼がいるこの空間には、一筋の光すら存在しないということになる。

果たして、そんな空間が存在するものだろうか。

「おかしいのはどっちなんだよ。俺の目か？　それともこの場所か？　つか、ここはどこで、なんで俺はこんなとこにいるんだよ……ああもう、何もわかんねえ。誰か、何とかしてくれよ。何か言ってくれるだけでもいいからさ」

ボソボソと呟く自分の声が、とうとう湿り始めたのがわかる。あと一押しで自分が泣き出してしまうであろうことに、伊月は気づいた。

この逃れられない闇がもたらす恐怖、現状がまったく把握できない不安、そして得体の知れない場所で床以外触れるものがないという孤独が、鍛えられたとはいえ、まだまだ決して強靱《きようじん》ではない彼の魂を蝕《むしば》みつつある。

加えて、骨の髄まで痺れるほど寒い。

「筧……助けてくれよぉ」

こんなとき、友達の少ない伊月が呼べるのは、幼なじみの筧の名だけだ。

子供の頃から、いじめられっ子だった伊月をいつも庇《かば》ってくれた筧は、今やT署の新米刑事だ。こんな非常事態のときでも、伊月が呼べばすぐに駆けつけてくれるような気がした。

「なあ、筧ってば！」

返事がないので、今度は声を張り上げてみる。伊月の声は、やはり不気味に反響してジワジワと消えていくばかりだ。

「筧っ！　困ったときはいつでも呼べってしょっちゅう言うくせに！　とっとと来いよ！　俺、超困ってるだろ！」

伊月はとうとう涙声で怒鳴りながら、再び立ち上がり、地団駄《じだんだ》を踏んだ。とっくに閾値《いきち》を超えた不安と恐怖が、ついに頭の傷の痛みすら上回ったらしい。

「かーけーいーーッ！」

とうとう、伊月は絶叫した。なるほどヒステリーというのはこういう状態をいうのかと、頭の片隅で理性が冷静に感心しているのが、我ながら滑稽《こっけい》過ぎる。

正気を保っていられず、伊月が泣きながら引きつった笑い声を立てそうになった、まさにそのとき。

「……い……」

ずっと静寂を保っていた室内に、微《かす》かだが確かに人間の声が響いた。しかもそれは、伊月の声ではない、酷く嗄《しわが》れた声だった。

「ひッ」

自分の他に誰かがいるという事実が、喜びと恐怖という相反する感情を呼び覚まし、伊月をさらに混乱させた。

「ちょ……え、嘘、今なんか……えっ。ええっ？　マジで!?　だ、誰かいんのかよ！」

声がどこから聞こえたかもわからないのに、彼は思わず一歩、後ずさった。

すると、今度はさっきよりもう少しハッキリと、一言。

「うるさい」

間違えようのない日本語である。

それが誰の声か理解した瞬間、伊月は一生悔やむレベルの金切り声でその人物の名を呼んでいた。

「ミチルさんっ!?」

「……そうだけど、マジでうるさい」

意外と近くで聞こえた気怠《けだる》げな声は、伊月の同僚であり、一応は担当教官ということになっている、法医学部助手の伏野《ふしの》ミチルのものだった。

「だ、だ、だって！　どこっすか、ミチルさん！　俺、何も見えないんすよ。ど、どっち……どっち行けばいいんすか！」

「いいから黙って。たった今、あんたの声で目が覚めたのよ」

「うう……だって俺！　何も見えなくて！　寒いし！　怖いし！」

心安い人物が傍《そば》にいるという安心感が、これまでギリギリのところで踏みとどまっていた伊月を錯乱《さくらん》状態にさせた。

しかしそんな伊月に構わず、ミチルはぶっきらぼうに命じた。

「私だってそうよ。ねえ、二人で動いたら、暗闇の中じゃ一生会えないわ。あんたはそこでじっとして、今みたく無駄に騒いでなさい」

「じっとしてたって、一生会えないじゃないですかっ！」

「大丈夫、じきに嫌でも会えるわ。私がそっちへ行くから。とにかく喋《しゃべ》ってて」

「喋ってててって、何を」

「何でもいいから」

「うう……そんなこと言われたって！」

「はいはい、その調子」

「ううう」

唸《うな》ったり、洟《はな》を啜《すす》ったり、足をジリジリと動かしたり……伊月が立てる声や物音を、ミチルは探っているらしい。小さな衣擦《きぬず》れの音が幾分迷走しながらも徐々に近づいてきて、やがて伊月の左の二の腕に、ミチルの指先がそっと触れた。

警戒してすぐに離れかけたその手を、伊月は驚くほど素早く両手で摑《つか》んだ。

「ミチルさんッ！」

「ちょ……ホントに伊月君、なのね？」

「俺っす！　うわああ、ミチルさん！」

「だからうるさいって。あと、痛い。握り締め過ぎ。指の骨がゴリゴリ言ってるでしょ」

「あ、す、すいません」

謝りつつも、伊月は両目から凄《すご》い勢いで涙が噴き出すのを感じた。

そういえば、交感神経がキリキリ巻きの緊張状態のときは涙液の分泌は抑制されると、学生時代、解剖学の講義で習ったものだ。

今、ミチルに会えて心底ホッとしたため、副交感神経が優位に立ち、安堵《あんど》の涙が溢《あふ》れたらしい。

「すげえ……解剖生理学、マジだった。すげえ！」

「……はあ？　ねえ、しっかりしてよ」

闇の中でも明らかに大泣きしながら自分の手を握り締めたままの伊月に、ミチルは呆れ声を上げ、嘆息した。

「うわあ、もう、ミチルさんがいてよかっ……うう、うあああ」

「ちょっと待って。今、目が覚めたばかりで、何があったのか全然わからないんだってば。後頭部が妙に痛いし、首もヒリヒリするし」

「うう……おなじ……っ」

「聞いてる？　お互いちょっと落ちついて、現状を把握しないと……ギャッ」

どうにか冷静さを保ってこれからの方針を提案しようとしたミチルは、恐ろしく女子力の低い悲鳴を上げた。

ミチルの手を握ったまま、伊月の長身がぐらりと寄りかかってきたのである。

「な、何よ？」

いくら痩軀《そうく》といっても、骨格のガッシリした男の身体である。片手では支えきれず、ミチルは慌《あわ》てて伊月の手を振り解《ほど》き、両手で彼の肩を摑んだ。

「伊月君？」

ミチルの鼻を、伊月の髪のやけに甘い匂いがくすぐる。どうやら、ガックリと項垂《うなだ》れている様子だ。すぐ耳元で、これまで聞いたことがないようなヨレヨレの声がした。

「……ミチルさん、何か俺、超気分悪い」

「ええっ？　急にどうしたのよ。とにかく、いったん座って。立ったままだと重くて無理」

いったい伊月の身に何が起こっているのかわからないまま、ミチルはとにもかくにも、伊月を床に座らせ、自分もすぐ傍《かたわ》らにペタンと座り込む。

「気分悪いって、突然？　変なもの、口に入れたりしてないわよね？　起立性低血圧かしら」

ミチルのダウンジャケットの肩に顔を押し当てたままで、伊月は頭を左右させる。

ミチルは伊月の額《ひたい》に手を当て、首を傾《かし》げた。

「お互い身体が冷え切っちゃってて、熱があるかどうかなんてわかったもんじゃないわね。具体的に、どう気分が悪い？」

すると伊月は、ぼそぼそと今にも息絶えそうな声で答えた。

「吐きそう。でもって目眩《めまい》がする。手足痺れて、力が入らねえ。……何だろ、俺、何かの中毒ですかね？　このまま死ぬ、かも……っ」

伊月は息絶え絶えに訴えたが、それを聞くなりミチルはさっきまでの心配はどこへやら、急に醒《さ》めた声を出した。

「ああ、馬鹿馬鹿しい。一瞬でも心配して損した」

「……うわ、酷《ひで》ぇ。可愛い後輩が死にかけてんのにその暴言……」

「死にません。それは、過・呼・吸。どんだけ素人みたいなことになってんの。そういや再会してからずっと、妙にはあはあ言ってたわね」

ミチルは冷ややかに吐き捨てたが、伊月は恨めしげになおも窮状《きゅうじょう》を訴える。

「た……たかが過呼吸で、こんな具合悪くなるわけないじゃないっすか！　もう、何か俺死ねそうですよ」

「死にそうに具合が悪くなるから、よく満員電車で倒れる人がいるんじゃないのよ。だいたい、過呼吸なんて、むしろ私がなるべきじゃないの？　こういう場所で先に倒れるのって、どっちかっていうと女子の特権じゃないかと思うんだけど。何だか凄く理不尽《りふじん》な気分になってきた！　腹立つ！」

「そ、それはいいから……何とかして……。気持ち悪《わり》ィ……誰かに絶対ＨＰ《ヒットポイント》吸い取られてるこれ。絶対死ぬ……ぅ」

伊月はヒイヒイと切羽詰まった呼吸を繰り返しつつ、闇の中で身をもがく。

「誰かにって、ここには私しかいないじゃない。失礼ね。私こそ、あんたにアスピルかけられて、MP《マジックポイント》をガシガシ奪われてる気分よ」

そう言って、ミチルは伊月と再会して二度目の、最大級に深い溜め息をついた。

「だいたい、何とかしろって言われても、ここには何もないし……。あーもう。あとでセクハラとかパワハラとかアカハラとかつまんない文句言ったら、ホントに殺すからね！」

「せ……くはら……？　ミチルさん、何するつも……ぶわッ」

乱暴に抱き起こされたと思うと、何か柔らかなものにがばっと顔面を押しつけられ、伊月は息絶え絶えながらも思わず悲鳴を上げた。

「いちいち叫ばないで。そんな声出されたら、私が変質者みたいじゃない」

いつになく照れたようなミチルの声が真上からして、「柔らかなもの」がミチルの胸元だと気付いた瞬間、伊月はさすがに慌てて離れようとする。

だがミチルは、伊月の頭をヘッドロックばりの力で抱え込んで離さない。

「び、びぢるざん、いだい……あ、あだば……！」

後頭部の傷を押さえられて痛いと訴えると少しだけ腕の力が緩《ゆる》んだが、代わりにその手で伊月の背中をギュッと抱き締め、ミチルは幾分静かな声で言った。

「呼気の二酸化炭素を吸わせる療法は、最近は過呼吸の症状改善にはあんまり効果がないってことになってるそうだけど、この場合は二酸化炭素っていうより、温度のほう。暖かい空気を吸ったほうが、少しは気分が落ちつくでしょ」

「……あ……」

「大丈夫、三人寄れば文殊《もんじゅ》の知恵っていうけど、二人でも、ひとりぼっちよりはマシなはずよ。少なくとも、こうしてくっついてれば暖かいし」

そう言ったきり、ミチルは黙り込んだ。言葉で励ます代わりに、伊月の肉付きの薄い背中を手のひらでゆっくりと叩く。

たかだか五歳年上なだけのミチルにそんな子供じみた扱いをされても、腹を立てる余裕など伊月にはなかった。

ただ、ミチルが背中を叩くゆったりしたテンポに、彼の忙《せわ》しかった呼吸が、自然と同調していく。

それにつれて、死ぬかと思うほどの具合の悪さも、少しずつましになっていくのがわかった。

「過呼吸って……こんなに死にそうになるもんなんすね」

まだ元気はないものの、ようやくいつもの声音で喋り始めた伊月に、ミチルは今度は笑い交じりの溜め息で応じた。

「そうみたいね。もう大丈夫？」

「……たぶん」

「頼りない」

苦笑いが想像できる口調でそう言いつつ、ミチルは伊月から腕を解いた。

それでも暗闇の中、完全に身を離すのは彼女としても怖いのだろう。もさもさと胡座をかいた伊月の膝に、自分の膝を微妙にくっつけて座り直す。

「……すんません。過呼吸とか、確かに女の子みたいで恥ずかしい……」

気分がよくなると、さっきまでの自分の錯乱ぶりが急に恥ずかしくなったのだろう、伊月の声はしょげ返った彼の顔が容易に想像できる沈み具合だった。

「なっちゃったものは仕方ないわ。でも、かえって落ちついたみたいね？」

「あ……そうかも。あと、ミチルさんも何も見えないってことは、二人して失明したって考えるより、ここが死ぬほど暗いんだって考えたほうが自然だなと思って。それで余計に落ち着けたのかもしれないっす」

「そうね。それは私も少し安心できたかも。それにしても、驚いちゃうわね」

「何がです？」

こんな異常事態だというのに、笑いさえ含んだミチルの声に、伊月は驚いて問い返す。するとミチルは、子供が暇つぶしになぞなぞ遊びをするような口調でこう問いかけた。

「五感って、何だったか覚えてる？」

伊月は軽くムッとしつつも素直に答える。

「当たり前じゃないですか。視覚、聴覚、触覚、味覚、嗅覚……でしょ？」

「よくできました」

伊月の精神状態をより落ち着けようとするかのように、ミチルはどこか冗談めかした口調で後輩を褒《ほ》め、そしてこう続けた。

「五感なんて言って、ぞんざいに一絡《ひとから》げにしてるけど、五つの感覚は決して等価じゃないわね。私たち、普段は他のどの感覚より視覚に頼ってるんだなって、今、痛感してるの」

闇の中、膝小僧だけにミチルの体温を感じながら、伊月は頷《うなず》く。

「……確かに。目が覚めて、見えないって気付いた瞬間、マジで人生最大級の恐怖でしたよ。だけど……今はちょっと不思議なことになってる、かも」

「不思議なこと？」

「パニックが収まってみたら、これまでは視覚の陰に隠れてた他の四つの感覚が、今だーって感じで前に出てきたっていうか。ああいや、味覚だけは寝てますけど。飲み食いするもん、何もないから」

「その代わりに、温度覚が出張ってるわね。……正直、こうして身体の一箇所をくっつけてるだけで、体温が感じられて凄く安心する」

「ミチルさんも？　何か悔しいけど、俺が一方的にみっともないとこ曝《さら》して、ミチルさんは落ち着き払ってるように思えるのに？」

伊月の言葉に、闇の中でミチルは可笑《おか》しそうにふふっと笑った。触れ合った伊月の膝に、ミチルの手が置かれる。

「そんなことないわよ。触ってみて。手のひら」

どこか恥ずかしそうに促《うなが》されるまま、伊月はおっかなびっくりでミチルの手に触れた。手探りで手のひらに触れ、あっと小さな驚きの声を上げる。

「ガサガサっすね、手」

「そこじゃない」

「冗談ですって。……汗、掻《か》いてる。やっぱミチルさんも、少しはパニクってるんですね」

「当たり前でしょ。伊月君が先に泣き出さなかったら、私が泣いてたかも」

「うわ、損した」

「先輩に花を持たせて損はないわよ。っていうか、冗談が言えるようになったんなら、もう大丈夫ね」

そう言っていささか乱暴に手を引っ込めたミチルは、小さな咳払いをしてこう切り出した。

「お互い少し気持ちが平静に戻ったところで、何があったか思い出して、これからどうすべきかを話し合いましょ。現時点で確かなことは……」

ミチルの口調からは、彼女が気分を切り替えて思考モードに入ったときの精悍《せいかん》な顔が容易に想像できる。

伊月も、さっきの失態を取り戻すべく、痩《や》せた肩を思いきり上下させ、背筋を伸ばしてから、腹に力を入れて声を出した。

「俺たちが二人して、誰かに後頭部を殴られるか何かして、気絶した隙にこの建物っぽいところに放り込まれたってことっすよね」

「ええ。そしてここには灯りも空調もない。私たち以外の誰かがいる気配もない。いくら上着を着たままとはいえ、このままじゃ凍死するわ」

「あるいは飢え死にですかね。……俺、目が覚めたときに何でスーツ着てるんだろって思ってたんですけど、ミチルさんと話しててやっと思い出した。裁判所に行ったからだ」

闇の中で、ミチルが小さな溜め息交じりに笑う気配《けはい》がした。

「そこから？　まあいいわ。そう、今日……今がまだ今日だと仮定しての話だけど、今日の午後は、私が裁判所で証人喚問《かんもん》に立つから、伊月君が勉強したいってくっついてきたのよ」

「ですよね。ミチルさんが弁護士にねちっこく苛《いじ》められてるのを見て、俺も将来ああいう目に遭《あ》うのか、やだなーって思って……」

「苛められてません！　まあ、今日の弁護士は揚げ足取りばっかりのちょっと嫌なヤツだったけど、でも覚悟したほどは時間はかからなかったわ。で、真っ直ぐ職場に帰ろうと思ったのに、伊月君がお茶していこうって我《わ》が儘《まま》を言ったから寄り道することになった。O駅地下街にある、伊月君お気に入りだっていうティールームに連れてってくれたわね」

多少の非難を含んだミチルの指摘に、伊月は相手に見えないことをわかっていながら、膨《ふく》れっ面をしてみせる。

「ミチルさんだって超乗り気だったくせに、俺のせいにしたっ。何食べよっかなーって、地下街歩きながらずっと迷ってたじゃないですか。……ああ、あの店のスコーンとミルクティー、旨《うま》かったな。スコーンがさくっとしてて、ふわっと甘くてバターの風味がして。ミルクティーも意外と味が軽くて。ああ、くそ、腹減ってきた」

「私も。いったい、あれから何時間経ったのかしらね。それはともかく、小一時間お茶して大学に戻ったの、あれ何時だっけ?」

「午後五時過ぎてたことは確かですね。ネコちゃんがもういなかった。森君《もり》はまだいた。ただ、仕事はほとんど終わって試験管を洗ってたから、六時前くらいですかね」

伊月は記憶を辿《たど》りながら答えた。

ネコちゃんというのは、法医学教室の秘書、住岡峯子《すみおかみねこ》のことで、森君は、技術員の森陽一郎《よういちろう》である。

事務員の峯子はだいたい定時である午後五時に教室を去るし、教室最年少、二十二歳の陽一郎も、何ごともなければ、だいたい午後六時前後に帰ると自分で決めているようだった。

「そうよね」とミチルは考え事をしているときの癖で首を傾げようとしたのか、小さく息を呑《の》んだ。伊月と同じで、後頭部がかなり痛むのだろう。

「清田《きよた》さんは風邪で休みだった。あと……都筑《つづき》先生が会議から戻ってきたのが、七時過ぎ。私、セミナー室の自分の席で、今日の証人喚問の反省メモ書いてたから、壁掛け時計を見上げたのよ。だから確実だわ。で、都筑先生はそのまま着替えてお帰りになった」

技師長の清田松司《まつじ》と教授の都筑壮一《そういち》の名を挙げて、ミチルはそう言った。教室のメンバーは、ミチルと伊月を含め、それで全員である。

「ふむ……。俺はそんとき、実験室にいたんでわかんないですね。俺が帰ろうと思ったのは七時半頃かな。実験の区切りのいいとこだったんで。ミチルさんはまだ、席で何かやってましたよね。さすがにもう反省文は終わってたでしょうけど」

伊月の言葉に、ミチルは少し考えてから頷く。

「確かその頃はもう、来週の勉強会の予習をしてたんだと思うわ。私、担当だから。で、やっぱり私もきりのいいところまで読んで、帰ることにしたのは八時過ぎよ」

「つまり、俺たちは別々に職場を後にした。……で、その後、別々に何かがあって、この同じ場所に連れてこられたってことですよね」

「そういうことになるわね。……じゃ、帰るのが早かった伊月君のほうから、どうぞ」

促され、伊月は後頭部のたんこぶをさすりながら低く唸った。

「どうぞって言われても……俺、フツーに帰ろうとしましたよ。あ、嘘だ！」

「嘘って何よ」

「違う、俺、解剖準備室に寄ってから帰ろうと思ったんですよ。朝イチの解剖の後、腕時計をロッカーに入れたままで出ちゃって。スマホがあったら時間見るのに苦労はしないけど、やっぱ左の手首がすーすーして気持ち悪いんで、嵌《は》めて帰ろうと思ったんです」

「……それで？」

ミチルに先を促され、伊月は自分の左手首に触れた。

そこに愛用のG-SHOCKの腕時計は、ない。

「今、腕時計、ないっすね」

そんな伊月の素朴《そぼく》すぎる呟きに、ミチルは呆れ顔が目に見えるような声を出した。

「それって結局のところ、解剖準備室には行かなかったってこと？」

「ちょっと待ってください。思い出すから。……いや、俺、入りましたよ。当たり前だけど、あの建物、解剖がある日だけ、しかも、俺たちと警察関係者しか入らないじゃないですか。だから誰もいないし真っ暗だし、滅茶苦茶ビビリながら鍵開けて入ったんすよ」

「そっか、伊月君も解剖棟の合鍵、貰《もら》えたんだっけ」

「はい。一応、院生やってけそうだってことで、都筑先生に年明けに『お年玉や〜』ってもらいました。そうだ。で、手探りで照明スイッチ探してるときに、バチッて来たんだ」

「バチッ？」

伊月は半ば無意識に、後頭部の傷に触れながら頷いた。

「何かわかんないけど、うなじのあたりでそんな音がして、急に身体から力が抜けて、へたり込んじゃったんですよ。で……そうだ！」

伊月はポンと手を叩いて、ようやく確信に満ちた声でこう続けた。

「何が起こったんだろうって、後ろを向いて確かめようとしたのに、それも出来ないくらい脱力しちゃってました。で、次に、後頭部をガツーンとやられて、そこでブラックアウト。そうだ、あんときの一撃だ、このたんこぶの原因」

「なるほど……。確かに、似たパターンだわ」

「似てるってことは、ミチルさんもバッチリ思い出したんですね？」

ええ、とミチルは頷き、比較的薄手のダウンジャケットの襟元《えりもと》を弄《いじ》りながら口を開いた。

「私は最後の一人だったから、全部の部屋の機器の電源と消灯、それに施錠《せじよう》を確認して教室を出たわ。で、エレベーターで一階に降りて、エントランスじゃなく、解剖室へ行くほうの出入り口から外に出た」

それを聞いて、伊月は綺麗《きれい》に整えられた眉《まゆ》をひそめる。

「何で？　俺みたく解剖棟に用事があるわけでもないのに、なんでわざわざ裏から出たんです？」

するとミチルは、気まずそうな声音で返事をした。

「だって、エントランスに行くと、まだ守衛さんがいる時間帯だったから」

「守衛さんに会うと、具合の悪いことでも？」

「そういうわけじゃないけど」

「じゃあ、なんで？」

「うう……。証人として法廷に立った日って、自分が思ってるより消耗してるのよね。主に精神的に。だから、伊月君みたいに気を遣わなくていい人と喋るのは平気でも、守衛さんとか、事務の人とか、お行儀よく振る舞わなきゃいけない相手とは、出来るだけ会いたくないの」

「……へえ？」

「言い方は悪いけど、売る愛想がもう残ってないって気分なのよ。だから誰にも会いたくなくて、敢えて裏口から出たの。伊月君の言うとおり、あの出入り口を使うのって、解剖棟へ行くか、放射線実験棟へ行くか、どっちかの目的しかないわ。だから誰もいなくて、とても暗かった」

そのときのことを思い出しながら、ミチルのただでさえハスキーな声は、さらに低くなっていく。

「だけど、いくら暗くても、勝手知ったる自分の職場だもの。特に何とも思わず、裏門のほうへ向かったわ」

「それは、そっちのほうがJRの駅へは近道だから、ですよね？」

「そう。そこからは伊月君のパターンと似てるけど、ちょっと違う」

「ふうん？　どんな風に？」

興味をそそられて、伊月はほんの少し身を乗り出した。ミチルはむしろ淡々とした口調で話を続ける。

「解剖室搬入口《はんにゅうぐち》前……あるいは放射線実験棟の前って言ってもいいわ、あのだだっ広いスペースに、バンが停まってたのよ。たぶん、黒か紺か……そういった暗い色。エンジンもライトもついてなかった。だから、夜遅くまで基礎棟で仕事をする予定の誰かが乗ってきて停めてるのかな、でも見慣れないな……って思いながら、その車を横目に通り過ぎたわ」

「ああ、俺はそっち側へは回ってないから、車には気がつかなかったですね。で？」

「そしたら、背後から走ってくる誰かの足音がしたの。さすがに気になるから、歩きながら振り返ったわ。そしたらビックリするくらい近くに人が立ってたの」

「人？　男、女、どっちでした？」

ミチルはしばらく黙り込んだが、力なく答えた。

「わかんない。黒っぽい服を着て、フードを目深《まぶか》に被《かぶ》ってた。たぶん、フード付きジャケットだと思う。フードの周りに、ふわっとした白いものが見えたように思うの。ファーじゃないかな」

「なるほど。だったら、パーカとかじゃなく、フード付きジャケットですね。で、下はパンツ？」

「どうかな。下半身を見る余裕はなかった。ううん、顔を見る暇もなく、伊月君と同じようにバチッ、よ。私の場合は、左側頸部《けいぶ》だったけど」

「うわ……」

「ただ、伊月君と違って、私の場合は、相手のほうを振り返っていたから、相手の手元で小さな火花が散ったのが見えた。あれ……今思えば、スタンガンじゃないかしら。実際に見たことはないけど、おそらく」

「スタンガン!?　ドラマでよく見るアレですか？　確かにあのバチッて音、火花が散ったっぽかったから、通電したのかもしれないけど。それにしたって、ドラマと違って気絶なんかしなかったですよ、俺」

「私もよ。ただ伊月君が言ったように、全身に力が入らなくなって、声も出なくて座り込んでしまった。で、やっぱり後頭部に物凄い衝撃が来たと思ったら、目の前が真っ暗になって……このザマ」

「うわあ、マジで同じパターンだ。ってことは、俺を襲ったのも、ミチルさんを襲ったのも、同じ人物ってことですかね？」

「あるいは仲間がいたのかもしれないけど、とにかく目的を同じくしていたことは確かね。これはただの推測だけど、もし私たちを襲った犯人、あるいは犯人たちが私たちをここに運ぶのに、あのバンを使ったのだとしたら、私が横を通り過ぎたとき、車内には伊月君が既に放り込まれていたのかもしれない」

「……うわあ……」

伊月はブルッと身を震わせた。ジワジワと身体に染みいってくるような冷気のせいもあるが、改めて自分の身に何が起こっているのかを理解し始め、さっき感じた本能的な恐怖とはまた違う恐ろしさがこみ上げてきたのである。

思わず両手で反対側の二の腕を擦《さす》りながら、伊月はふと、「あ」と小さな声を上げた。

「何？　何か他にも思い出した？」

伊月は頷き、「エレベーター」と一言言った。

ミチルは、小首を傾げつつも、期待の眼差しを闇の向こうにいる伊月のほうへ向けた。

「エレベーターが、何？」

互いの顔は見えないが、付き合いもそろそろ一年、お互いの声の調子から、表情くらいはわかるようになっている。

伊月の声には、何かが閃《ひらめ》いたときの活気が戻っていた。

「俺、気になること思い出しましたよ。帰るとき、エレベーターが五階に止まってたんです。すぐ乗れてラッキーって思ったんですよ、俺」

「それが？」

「それがおかしいことに、気付くべきでした」

「どういうこと？」

訝《いぶか》しげなミチルの声に、伊月はどこか自慢げに解説した。

「つまり、俺とミチルさん以外の教室員は、みんな帰った後だったわけでしょ、俺が帰るとき」

「そうね。それが？」

「事務方はだいたい午後五時で上がるから、それ以降は上がってこないし、業者もそんな遅くからは訪ねてこないし、病理学や共同情報ルームを使いに来た連中は、反対側のでかいほうのエレベーターホールが近いから、そっちを使うでしょ、基本的に」

「確かに」

「だとすりゃ、俺たちの教室に近いあのエレベーターを使うのは、あの時間帯、帰る人だけ。つまり、エレベーターは一階に止まってるのが当たり前です」

「あ！」

「あの時間にエレベーターが五階で止まってたのは、どう考えても変っすよ」

「……ああ、そういうこと！　伊月君にしては、凄く冴《さ》えてる！」

本気で感嘆の声を上げたミチルに、伊月はちょっと傷ついた顔で抗議する。

「俺にしては、は余計です。思うに、あの時刻にエレベーターが五階に上がってきてたってことは、誰か……もしかすっと、俺たちを襲った犯人が、五階の法医のあるフロアに来て、俺たちが教室から出るのを待ってたんじゃないかな」

「どっかに……それこそ、エレベーター前の階段フロアにでも隠れてたとか？」

「ああ、それアリかも」

「やだ、やめてよ。気持ち悪い」

ミチルはそう言ったが、さっきとことん怯えたせいか、どこか開き直った様子で、伊月はさらに推理を進めた。

「これまであんまし気にしてなかったですけど、いつも最後まで教室に残ってるの、だいたい俺かミチルさんじゃないですか」

「うん」

「犯人、前もって観察してて、それを知ってたんじゃないかな。だとしたら俺たち、偶然事件に巻き込まれたとかじゃなく、敢えて狙《ねら》われたってことになりますよね」

「うわ、ホントにやだ。恨まれる可能性がある稼業《かぎよう》だってのは最初からわかってるけど、実際、それが自分に降りかかったかもって考えると、ゾッとするわ」

「俺もです」

二人はしばらく黙り込んだ。まったく音が聞こえないこの謎めいた空間は、彼らが口を噤《つぐ》めば、たちまち墓場のように静まり返る。下手をすれば、互いの心音まで聞こえてきそうだ。

その、おそらくは数分に及ぶ沈黙を破ったのは、ミチルのほうだった。

後輩であり、事実上の部下である伊月が冷静に推理まで展開し始めた以上、自分も負けてはいられないと思ったのだろう。伊月に引っ張られるように、ミチルの声も妙な熱を帯びている。

「わかった。これまでのことは、これ以上憶測を巡らせても仕方がないわ。とにかく、私たちは何らかの意図を持った犯人に、ここに拉致《らち》された。だったら、どうにかしてここから出なきゃ。これからのことを考えましょう」

「……っすね」

伊月は、小さく身じろぎして背筋を伸ばした。

「それにしても、ここはどこで、どういう場所なんだろう。倉庫……かな」

するとミチルは、初詣《はつもうで》の柏手並みに大きく手を打った。その音は、見事なまでに拡散して消えてしまう。

それを確かめて、ミチルは言った。

「倉庫だとしたら、空っぽね。もし貨物があるなら、音はもっといびつな反響をするはずだわ。私たち、だだっ広い空間のど真ん中に放っておかれたみたい」

「くっそ……！　マジで凍死でもさせる気かよ」

「あまりにもここに長居すれば、最悪、そうなるかもね。飢え死にするか、凍死するかの二択だわ」

「やな二択だぜ」

伊月は舌打ちする。だがそんな伊月を宥《なだ》めるように、ミチルはこう言った。

「でも犯人は、積極的に私たちを殺す気はないんだわ。それが、唯一の救いね」

「なんで、そんなことがわかるんです？」

「もし、本気で私たちを殺したいなら、別々に気絶させた後、どこかで手早く殺すことは簡単だったはずよ」

「自分で手を下すのが嫌だから、ここに放り込んで死ぬのを待ってるって可能性は？」

「だとしたら、ここに転がすとき、着衣を剥《は》いだはずよ。これだけ冷えてるんだもの。意識が戻らないまま凍死したんじゃないかしらね、私たち」

「確かに！　そっか、じゃあ犯人は、俺たちを殺す以外の目的で、ここに？」

「それが希望的観測」

「……希望的観測じゃないほうは？」

「出来るだけ長く苦しめて死なせるつもりっていう、あんまり考えたくないアレ」

「それは考えないことにしましょうよ。とにかく、俺たちをここに放り込んで、殺さずに何かをさせようとしている、あるいは何かを伝えようとしている……って考えたいな、俺」

伊月がそう言うと、ミチルもガサガサと衣擦れの音を立てながらすんなり同意した。

「そうね。希望的観測のほうでいきましょ。それより、今確かめたけど、私も腕時計を取られてる。スマホはバッグの中だけど、バッグもない。伊月君は、腕時計は解剖準備室として、スマホは？」

「！」

伊月も着衣のすべてのポケットに慌ただしく手を突っ込み、失望の声を上げた。

「ないっす。俺、確かジャケットのポケットに入れてたんですけど……抜かれてます。そうだ、気が動転して、スマホのことを思いつけなかった。あれさえありゃ、灯りになるし、外に連絡もつけられるのに！」

悔しげに、伊月は拳で冷たい床を打つ。するとミチルは、残念そうに言葉を返した。

「外部と連絡を取らせないはともかく、光源を与えないって、不思議な細工よね。……犯人の狙いは、いったい何なのかしら。私たちに、何をさせようとしてるんだろう」

やけに呑気《のんき》に考え込み始めたミチルに、伊月は少し苛《いら》ついた声を出した。

「何をさせようとしてるかなんて、知ったこっちゃないですよ。俺たちはとにかく、こっから出て、家に帰るまでです！」

「それもそうか……。じゃ、お互い凍えて動けなくなる前に、行動を開始しましょうか」

そう言うなり、伊月の膝から、ミチルの膝が離れた。ふわっと動いた空気で、ミチルが立ち上がったのがわかる。

伊月も気持ちの上ではやや慌てて、しかし後頭部の傷を庇《かば》ってそろそろと立ち上がった。

「行動を開始って、何するんです？」

「まずは、今いる場所の形状と広さを、だいたい把握したいじゃない？　だから、歩きましょ」

「歩く!? こんな真っ暗な中で、それこそ闇雲に？」

「そんなわけないでしょ。……もっぺん言うけど、ハラスメント方面の発言禁止だから」

そんな言葉と共に、ミチルの手が伊月の腕を探り当てる。そのまま降りて来た彼女の手は、伊月の手をギュッと握り締めた。

「とりあえず、こうして手を繋《つな》いだまま、すり足でゆっくり前に向かって歩く」

「は……はあ」

「そうすれば、どんなに広い空間だって、必ず壁にぶち当たるはずよ」

「……さすが。そっか、どっち向かってるかわからなくても、それなら別にいいんだ」

「そういうこと。じゃ、横並びになって、床に何があるかわかんないから、すり足で。あと、前方に何かがあっても怖いから、繋いでないほうの手を前に出す格好で」

「完璧っすね、ミチルさん。前にこんな目に遭ったことでもあるんすか？」

「あるわけないでしょ！　馬鹿言ってないで、行くわよ。せーの」

手を繋いだほうの肩を伊月の二の腕にくっつけて、ミチルは合図をする。言われたとおり、伊月も自由なほうの右手をまっすぐ前に突き出し、指をピンと伸ばして、そろそろと歩き出した。

共に声に出して一、二、三……と歩数を数えながら、互いに歩幅を揃《そろ》え、ゆっくりと進んでゆく。

真っ暗闇の中を進む恐怖に耐え、足の裏と指先に全神経を集中させて、伊月はミチルと共に歩き続けた。

不思議なもので、視覚を遮断《しゃだん》されてしばらく経った今、他の感覚が本当に驚くほど研ぎ澄まされてくるのを、彼は実感していた。

互いに分厚い外套《がいとう》越しなのに、触れ合った場所では相手の身体の温もりを感じられるし、繋ぎ合った手からは、共に水を使う作業が多いせいで、負けず劣らず荒れた指の感触が痛いほどだ。

「……っくしょい！　くしょッ」

二人してすり足で歩くせいで、床に積もった埃が舞い上がり、鼻粘膜《びねんまく》を刺激する。

「やめてよ、変なくしゃみで緊張感削《そ》がないで」

「別に冗談でやってるわけじゃないですってば」

そんな言い合いをしながらも、二人は、このままどこにも着かなかったら……という恐怖を胸に押し込め、前進を続けた。

やがて……。

二人の歩数カウントが三十二に至ろうとしたとき、伊月が「あっ」と小さな声を上げて突然足を止めた。

「何？　あっ」

こちらはさらに半歩進んだミチルも、同じように足を止めた。

「指先に、何か触った」

「ええ。壁かしら」

二人は繋いでいた手を離し、両手で前方を探った。壁紙とも漆喰《しっくい》壁とも板壁とも違う、まるで毛足の短いカーペットのような不思議に柔らかな手触りがする。

ミチルよりかなり長身の伊月は、背伸びしてギリギリ上まで探った後、落胆した様子で言った。

「照明スイッチくらいあるかと思ったけど、何もないっすね。上まで、同じ壁だ。ここ、天井も高そうだな」

「こっちにも、手の届く範囲には何もないわ。よーし、じゃあ、二手に分かれましょうか」

「えっ？」

そう言われてあからさまに不安げな声を出した伊月の腕を軽く小突いて、ミチルは呆れたように笑った。

「心配しないで。壁を触って歩いていけば、一周したら必ず会えるでしょ？」

「……あ、そっか」

間抜け顔が容易に想像できる伊月の声に、ミチルはますます可笑しそうに言葉を継いだ。

「もう、しっかりしてよ。決して、壁から離れないこと。何かに気付いたり、触ったり……とにかく変化があれば、声を上げること。そうしたら、お互いに駆けつけることだって難しくないわ」

ミチルの提案に納得したのか、再び伊月は意気込んで頷いた。

「わっかりました！　そっか、一周すれば、どんな建物だって、出入り口があるはずですもんね。照明スイッチも。よーし、壁ベタベタ触りながら探してやりますよ！」

「ええ、見落としがないように、慎重に」

「はいっ。絶対、先に何か見つけてみせますから」

「その意気よ。私は向かって左のほうへ。伊月君は右へ。じゃ、後ほど」

「はい！」

正直、再びひとりで歩き出すと思うと恐怖心はあったが、ミチルが明確な指針を打ち出してくれたおかげで、我慢できないほどではない。

それに扉を見つけさえすれば、たとえ施錠されていても、絶対に蹴破《けやぶ》って外に出てみせる。

そんな一心で、伊月は両の手のひらで冷たい壁面を探りながら、一歩一歩、さっきと同じようにすり足で歩いていく。

ミチルも同じようにしているのだろう。

サーッ、サーッ、という壁を擦る音、そして時折、キュッとゴム引きの靴底が床に引っかかる音が聞こえ、それらが徐々に遠ざかっていく。

(ミチルさん、スーツ着てる日でもクラークスのベタ靴履いてんだな)

ミチルには日頃からあまり足を上げずに歩く妙な癖があって、そのせいで段差もない大学の廊下でよくつまずく。

そのときに悲鳴と共に聞く馴染みの音だったせいで、緊張していた伊月はちょっと面白くなって思わず声を張り上げた。

「ミチルさーん、気をつけてくださーい。こんな場所で転んだら、頭の別んとこ打ちますよ」

「うーるさーい！」

間髪《かんはつ》を容《い》れず、ミチルの悔しそうな声が返ってくる。

「あははは」

先輩をやり込めたのがちょっと楽しくて、伊月は低く笑いながら歩を進めた。

(出口、出口、それか灯りのスイッチ……出てこい)

念じながら、壁を探りながら、だんだん暗闇の中で宝探しでもしているようなワクワクする気持ちになっていた伊月は、突然、何かにつま先が触れて、再び悲鳴を上げる羽目になった。

「ギャーッ！」

「ちょ……い、伊月君!?　どうしたの!?　何かあったの!?」

ずいぶん遠くから、ミチルの声がする。伊月は、驚いて尻餅《しりもち》をついてしまいながらも、上擦った声を上げた。

「な、何か足に触った！　何か！」

「何かって、何？」

「わかんないっす。蹴飛ばしちまった。あ……な、なんだろ……なんだろ」

狼狽える伊月の様子に、これは任せておいてはいけないと思ったのか、ミチルは鋭い声を上げた。

「落ち着かなくてもいいから、壁に手を当てていて。絶対に、壁から離れないで。そこを動かないで。すぐに行くわ。いい？」

「は……はいぃ」

伊月はへたりこんだまま、情けない声で承知《しょうち》の意を伝えた。片手で壁に触れ、もう一方の手で、さっき軽く蹴飛ばしてしまった物体を捜そうとする。

だが、よほど滑りのいい床なのか、慌てているせいか、その「何か」を探り当てることができない。

「どうしよ……。何かあったのに。絶対あったのに」

アワアワと床に手を滑らせ、いたずらに指や手のひらを埃だらけにしている伊月のもとに、壁伝いにやってくるミチルの足音が聞こえた。

軽く伊月の腕を蹴飛ばして止まったミチルは、手探りで床に座り込んだ伊月の肩に触れた。そのまま、自分もしゃがみ込む。

「大丈夫？」

「すいません、俺、何か蹴飛ばしちまったんだけど、見つからなくて」

「大丈夫。すぐ見つかるわ」

「だけど触れな……」

「二人分の腕の長さがあれば、きっと大丈夫。もっぺん、手を繋いで。腕をさっきまでの進行方向へいっぱいに伸ばしてみて」

ミチルはそう言うと、再度、片手を伊月と繋いだまま、壁に沿って移動しながら、伊月が歩こうとしていた方向の床を探り始めた。

おそらく伊月が蹴飛ばした物体は、真ん前か、前方やや斜めに移動したことだろう。だが、すり足だった以上、そこまで遠くへは行っていないはずだ。

そんなミチルの思惑どおり、繋いだ手を二人していっぱいに伸ばした、壁からおそらくは五十センチほど離れたところで、ミチルの指先に触れた物があった。

「もー、ちょい。もちょっとだけ……オッケー、摑んだ！」

ミチルの弾んだ声に、身体を斜めにして腕を伸ばし続けていた伊月は、むしろ驚いた声を上げた。

「ちょ、何だかわかんないものを、いきなり素手で摑んだんですか、ミチルさん」

「あ、つい勢いで摑んじゃった。だけど、嚙《か》みつかれたりはしなかったから、大丈夫。持ち上げて壊れたりしたら困るから、床を引きずって持って行くわ」

「わかりました」

ミチルと伊月は、壁に背中をつけ、並んで床に座った。ミチルは、ずっと引っ張ってきたものを二人の間に置き、伊月の手をそこへ導く。

「これ。触ってみて。何かしら」

「う……うう」

促されるまま、伊月はおっかなびっくりで物体に触れる。

「硬い、っすね。あと……表面はところどころ凸凹《でこぼこ》してる」

「ええ。太い棒状……かしら」

二人は、注意深く物体に触れ、表面をジワジワとなぞってみた。

触れた感じは乾燥していてヒンヤリと冷たいが、金属的な感じはしない。

近いものとしては、木片の感触だろうか。

「端っこは、ちょっと他んとこと感触が違うかも」

「うーん……。さっき、摑んだときの感覚からすると、これ、わりに軽かったわ。金属とか石とかじゃないことは確か。木ぎれかしらね。……あれ、ちょっと待って」

「な、何すか？」

「感触が全然違うものが触れた。今、伊月君が触ってるのと反対側の端っこを探ってみようとして……あれ？　布？」

「布？」

眉をひそめ、伊月は同じほうに手を移動させようとする。だがそれを制止し、ミチルは無言で手を動かして、意外そうに言った。

「やだ、これもしかして……」

「はい？」

「ちょっと待って」

カサカサと、確かに布を触っているような乾いた音の後、パチンというやけに小気味良い音がして、伊月はビクンと身を震わせた。

「な……何すか？」

「この何だかわかんない棒状のものに……挟まってた。やっぱりそうだわ。これ、私のスマホケース」

「えっ？」

伊月はハッとした。変なところでおっちょこちょいなミチルは、自分が転びやすい以外にも、よく物を落とす。

スマートホンを二台続けて、うっかり地面に落として駄目にしてしまった彼女は、平たいがま口タイプの、少し風変わりなスマホケースを手に入れ、それにスマートホンを入れていた。

「中身はッ!?　スマホは?」

「嘘みたい、入ってた……!」

さすがのミチルも、動揺してひっくり返った声を出す。その直後、突然目に飛び込んできた光に、伊月は思わず腕で目元を覆った。

「うわっ」

「眩《まぶ》し……っ」

ミチルも、どこか苦しげな声を出す。単に、スマートホンの電源を入れ、液晶が光っただけなのだが、ずっと真っ暗闇にいた二人の目には、わずかな光も強すぎる刺激だった。

数分もかけてようやく目を慣らした二人は、それでもまだ目を細めつつ、ミチルのスマートホンの液晶に見入った。

「アンテナ、二本立ってますよ!　電話出来る!　これで、外に連絡することが……」

「ちょっと待って。その前に、私たちの目の前にあるものと、状況を確かめましょう。警察に連絡するなら、事態を把握できてからのほうがいいわ。確か……もしものときのために、懐中電灯アプリを入れておいたのよ。充電は十分だから、しばらく使っても大丈夫」

たとえスマートホン一つ分の光でも、視覚が戻ったことが、二人に驚くほどの安心感を与えてくれた。

伊月も、幾分余裕のある声で応じる。

「そうっすね。俺が蹴飛ばして、ミチルさんが拾ってくれたこれ……何だろ」

「うわ、さらに眩しい。ありがたいけどつらいわね。目の奥がジンジンする」

そう言いながらも、ミチルは懐中電灯アプリを立ち上げ、カメラレンズの横のライトを光らせた。

ボンヤリと、二人の間にある「何か」の姿が浮かび上がる。

ミチルがスマートホンの光をその物体に向けると同時に、二人の口からはほぼ同時に声が上がった。

「うわッ!」

「……あらら」

程度の差こそあれ、彼らの声が示す感情が驚きであることに変わりはない。

それは……腕、だった。

肘《ひじ》の少し下でやけに綺麗に切断され、しかもミイラ化した人間の右腕である。

手のひらが上を向くように置かれ、カラカラに乾いて木の枝のように見える五本の指は、軽く曲げた状態になっている。

ミチルはむんずとミイラの腕を掴むと、まだ眩しそうにしながらも、あちこちからしげしげと観察した。

「ずいぶん見事に乾燥してるわ。うん、ちょっとジャーキーっぽい臭いはするけど、腐臭も黴臭《かび》さもない」

「ちょっとミチルさん、そうじゃなくて」

「なるほど。私のスマホケース、この親指と他の指の間に挟んであったんだわ。布だから引っかかりがよくて、蹴飛ばしても動かしても、ケースが手から外れなかったのね。ふーん。よく考えてるわね、犯人」

物体が人体の一部、しかもミイラだと知って、ミチルからたちまち動揺の色が消えた。今、その大きな目には、百パーセント好奇心の光しかない。

根っから解剖好き……というと語弊《ごへい》があるが、人体というものに並々ならぬ興味……いや、執着を持つミチルだけに、この暗闇の中で最初に発見した物体が人間のミイラの手だったことに、大興奮しているらしい。

「ミチルさんってば！　待ってください。ミイラの分析をしてる場合でも、犯人に感心してる場合でもないっす。これ、状況の異常さに拍車がかかっただけだって、理解できてます？」

最初は恐怖に戦《おのの》いた伊月も、まるで解剖室にいるようなミチルの弾んだ声に、呆れ果てた様子で突っ込みを入れる。

そんな後輩の声に、ようやく我に返ったらしく、ミチルは照れ笑いした。

「あ。そういえばそうだった。ゴメン。相手がミイラだとわかったら、すっかり安心しちゃって」

「そこ、安心するとこじゃないっすよ。少なくとも普通の人は」

「仕方ないじゃない、法医の人だもの。とはいえ、確かに謎めいてるわね。これってどう考えても、犯人が私たちをここに運び入れて、私のバッグの中からスマホを取り出して、わざわざミイラに持たせて床に置いたってことだものね」

「ですよ！　誰だか知らねえけど、犯人、立派な変態ですよ！　変態！」

「しかも、妙な気配りをする変態よね」

「き……きく、ばり？」

「ええ。だって、私たちがいつか壁にたどり着いて、壁際に移動することを期待して、あそこに置いたんじゃないかしら」

「ますます気持ち悪い」

「確かに。まあ、これ以上、バッテリーをミイラに割《さ》くわけにはいかないわね。懐中電灯は消して、次は……と」

ミチルは少し名残《なごり》惜しそうにミイラを床に置くと、今度は地図アプリを呼びだした。GPS機能で、現在地を割り出そうというのである。

伊月も、固唾《かたず》を呑んで、読み込み中の液晶画面を見つめた。

やがて表示されたのは……彼らの職場であるO医科大学があるT市の地図だった。とはいえ、二人がいるのは、大学からはかなり離れたS町の住宅街の真ん中にある、やたら大きな四角い建物の中らしい。

ところが詳細表示をかけても、特に会社名も施設名も表示されない。

「一般……住宅ってことですかね？」

首を捻る伊月に、ミチルも曖昧《あいまい》なリアクションを返す。

「どう、かしら。……とにかく、これで私たちが今いる場所もわかったわ。警察に助けを求めましょう」

そう言うと、ミチルは一一〇番に電話をかけた。そして、応答した相手に、自分たちの氏名と身分、それに状況を簡潔に説明し始める。

まるで、解剖前の事件概要を語る刑事のようなミチルの要領のよさに、伊月は苦笑いした。

(ミチルさんがあんまり手際よく説明すっから、警察にイタズラ電話だと思われなきゃいいけど)

やがて通話を終えたミチルは、伊月を見て言った。

「すぐ向かいますって。……とりあえず、これで助かりそうよ。あとは、大人しく警察の到着を待ちましょうか、ミイラの手と一緒に」

「ですね。……はあ、俺たちが殴り倒されてから、思ったほどは時間が経ってなかったんですね。まだ、午前一時三分だって」

スマホ液晶画面の上部に表示された日付と現在時刻に、伊月はちょっと意外そうに言った。ミチルも、それを確かめて「ホントだ」と呟いた。

さすがに救助が確約されてホッとしたのか、ミチルはパンツスーツの両脚を床に投げ出し、少しリラックスした様子である。

ミチルのダークグレイのスーツも、伊月の紺色のスーツも、埃で真っ白になってしまっていた。

　どこか呆《ほう》けたような顔のミチルに、伊月は躊躇《ためら》いがちに声をかけた。

「あの……すんません、俺のスマホはミイラに持たせてくれなかったみたいなんで、ちょっと借りて、一件電話させてもらっていいっすか？」

　伊月の何とも言えず気まずそうな顔を横目で見たミチルは、フフッと可笑しそうに笑った。

「相方と愛娘《まなむすめ》に電話？」

　伊月はうなじで結んだ少し長めの茶色い髪を片手で撫でつけ、恥ずかしそうに肩を竦めた。

「筧の奴、今日は家にいるはずなんで、この時間まで俺が連絡もせずに帰らないとなると、さすがに心配してると思うんですよ。……で、まあ、ちょっと無事を知らせたいのと、ししゃもの声を聞いて安心したいかなー、なんて」

　ししゃもというのは、かつて事件現場で伊月が拾った、メスの子猫……つまり、彼の「愛娘」である。

　筧と伊月が同居するアパートで飼われることになったししゃもは、今は見事な尻尾がチャームポイントの、伊月曰《いわ》くの「モフモフのゴージャスな美人猫」に育ちつつある。

「いいわよ、どうぞ。筧君の電話番号、アドレス帳に入ってるから」

ミチルはあっさりスマートホンを伊月に差し出した。

「お借りします」

伊月はスマートホンを受け取ると、ほんの気持ちだけミチルと距離を空け、液晶画面をかじかんだ指でタッチし始める。

やがて、伊月が一生懸命に事情を説明しようとする声に混じって、スマートホンから筧兼継の野太い驚きの声が漏れ聞こえてきた。

T署の刑事である筧は、通話が終わるなり自分の職場に駆けつけてくれることだろう。

幼なじみ二人の会話を微笑ましく聞きながら、ミチルは目を閉じ、深い溜め息をついた。そして、

「はあ、親には知られないようにしなきゃ、こんなこと。ただでさえ縁遠すぎて心配かけてるんだもんね」と、ゲンナリした顔で呟いた。

間奏　飯食う人々　その一

「ははは、それにしても大変だったな伊月。伏野も。二人して、頭にネット包帯《ほうたい》でスイカみたいなペアルックになってるじゃないか」

「ちょっと龍村《たつむら》君！　笑い事じゃないわよ。他人事《ひとごと》だと思って、楽しそうな顔しちゃって」

「以下同文っすよ！」

兵庫県常勤監察医の龍村泰彦《やすひこ》は、口々に文句を言うミチルと伊月を見比べ、一瞬ポカンとした後、大きな口を遠慮なく開けてからからと笑った。

「何だお前ら、一緒にいるうちに、だんだん顔が似てきたんじゃないか」

そんな指摘に、ミチルと伊月は顔を見合わせ、同じタイミング、同じ渋い顔で龍村に向き直る。

「そんなわけないでしょ、夫婦じゃあるまいし」

「そうですよ。だいたいその理屈でいったら、週イチで龍村先生んとこで勉強させてもらってる俺は、だんだん先生に顔が似てくるってことじゃないですか。無理無理、俺、シュッとした顔が売りなもんで」

両手で自分の鋭角的な頬から顎のラインを強調してみせる伊月に、龍村は腕組みして唸った。

輪郭《りんかく》が四角く、造作《ぞうさく》がいちいち大きな顔立ちの龍村である。大きな口をへの字に曲げると、追儺式《ついなしき》で活躍する方相氏《ほうそうし》の面にそっくりだ。

「失礼だな、お前は。今、僕の顔が松本幸四郎《まつもとこうしろう》ばりに四角いと思ったろう」

「四角いとは思いましたけど、別に松本幸四郎みたいだとは思ってませんよ。確かに龍村先生はわりと男前なほうだとはいえ、松本幸四郎はちょっと厚かまし過ぎるんじゃないっすかね」

「そうか？　昔からよく、舞台役者に向いている顔だと言われるんだがな」

「……まあ、確かに無駄に舞台で映《は》えそうではありますけども」

「無駄は余計だ。まったく、口の減らん弟子だな」

そう言い返してから、龍村はカウンターに横並びになったミチルと伊月に改まった様子でこう言った。

「とにかく、二人とも無事でよかった。今朝、伊月から監察医務室に来られないと連絡を受けたとき、さすがに、もっと現実的な嘘をつけと腹を立てたものだ。まさか、本当に拉致監禁されていたとはな」

「あらあら、何だか物騒《ぶっそう》なお話。はい、お飲み物。お待たせしました～」

店のマダムとおぼしき小柄なエプロン姿の女性が、龍村にはビール、ミチルには烏龍茶《ウーロン》、伊月には杏露酒《シンルチュウ》のソーダ割りを置き、愛想のいい笑顔でスッと二歩下がる。

彼らが今いるのは小さな店の中なので、その程度離れたところで話の内容が聞こえなくなるわけがないのだが、そこは気は心というものなのだろう。

「とにかく、乾杯といこう。無事で何より」

「今日はわざわざご招待ありがと」

「ご馳走《ちそう》になりますっ。あと、今日は休んですんません」

「事情が事情だ。やむを得んさ。じゃ、乾杯」

真ん中にいるミチルのグラスに、龍村と伊月が両側から自分のグラスを軽く当てて乾杯し、三人は同時に飲み物を口にした。

「くーっ。甘い酒サイコー！　染みるー！　もう、まる一日、事情聴取と現場検証でクタクタっすよ。あれなら、まだ監察で龍村先生にどやされまくってるほうが、気が楽だっつの」

伊月はむくれた顔つきでそう言った。ミチルもさすがに疲れた顔で苦笑いする。

「伊月君、何だか犯罪者みたいに緊張してたもんね。別に取り調べ室に入れられたわけじゃないし、それなりに丁重《ていちょう》に扱ってもらってるのに」

「それでも嫌なもんは嫌ですよ。こっちだって動転してっから、何もかもをきっちり記憶してるわけじゃないのに、もっとハッキリだの、確かですかだの、推論でものを言わないようにだの、勝手なことばっかし言いやがって」

ぷんすか怒りながら、舐《な》めるように酒を飲む伊月をミチル越しに見て、龍村は愉快そうに笑った。

「まあ、そうむくれるなよ。苦難を乗り越えた二人を労《ねぎら》うべく、今夜はとっておきの店に招待してやったんだから」

そんな龍村の言葉に、ミチルと伊月は思わず顔を見合わせた。カウンターの向こうにマスターとバイト店員とおぼしき青年がいるので、ミチルは龍村の耳元に口を寄せ、低い声で実に失礼なことを囁《ささや》く。

「悪いけど、とてもとっておきの店には見えないわよ？」

聞こえなくても、ミチルが何を言ったかだいたい想像がついたのだろう、伊月もマスターに気付かれないよう、無言でこくこくと頷く。

「俺、最初、喫茶店かと思いましたもん」

龍村が二人を食事に招待したのは、彼の自宅からそう遠くない、JR・N駅近くの中華料理店だった。

「唐仁坂《とうじんざか》」という名のその店は、大通り沿いではあるし、表に看板も出ていたので、見つけること自体はそう難しくなかった。

しかし、とにかく店の体裁が中華料理店には見えなかったので、ミチルと伊月は店に入るのをしばし躊躇ってしまったほどだった。

しかし、どこか不安げなミチルと伊月に対して、龍村は鷹揚《おうよう》に言葉を返した。

「確かに小さな店だし、料理が出てくるのはすこぶる遅いが、大人しく待っていれば旨いものが食える。ゆっくり話をしたいときには最高の店だよ。オーダーする必要がないのもいい」

「お任せなの？」

「そうだ」

「ふうん。面白そう」

そうこう言っていると、カウンター越しに前菜の皿が三人の前にそれぞれ置かれた。

小鉢が一つ、小さな脚付きのグラスが一つ。

小鉢には、なめこと葱《ねぎ》、それに烏賊《いか》の塩辛を和《あ》えたものが入っていて、グラスには細かく切った色々な野菜が中華風に調味されていた。

野菜には、ほんの僅《わず》かカットした苺《いちご》が混ぜてあって、それが不思議な味のアクセントになっている。

「細々してますね。……何が入ってんのかよくわかんないけど、妙にうめえ。酒が進む味だな」

事情聴取のプレッシャーで朝も昼もろくに食べられなかった伊月は、小さな器の中身をガツガツと食べながら嬉しそうに言った。

「ホントだ。前言撤回。美味《おい》しい。器も小さくて凝ってるのね」

ミチルも、感心した様子で綺麗に盛りつけられた料理をしげしげと見る。

そういえば、表の看板にも箸袋《はしぶくろ》にも、「中国懐石」と書かれていた。どうやらこの店では、料理は大皿ではなく、小皿に控えめなポーションで、何品も供されるらしい。

ミチルと同期で、兵庫県監察医務室の常勤医として活躍している龍村泰彦は、腕利《き》きの監察医として有名だが、実は結構な食い道楽でもある。

その彼のとっておきだけに、一筋縄ではいかない店のようだ。

二人の反応に気をよくしたらしい龍村は、手振りでビールのお代わりを注文してから、ミチルに訊ねた。

「ところで、あらかたの事情は伊月から電話で聞いたが、結局お前たち、どこに閉じこめられてたんだ？　場所はT市内だったんだよな？」

するとミチルは、曖昧な首の振り方をした。

「ええ。それが、不思議な場所でね。十年前に廃校になった小学校の、元体育館なのよ」

龍村は、ギョロリとした仁王を思わせる目を見張る。

「体育館だあ？　そりゃまた、ダイナミックな場所に放り込まれたもんだな。そこにいたのはお前らふたりだけだったんだろ？」

「そ。私たち二人と、あと、私たちのバッグもあったわ。警察の人が拾ってきてくれた」

「それに、今は体育館じゃなくて、元体育館、現謎スタジオなんすよ。まだ詳しいことはわかってないらしいんですけどね、昨夜の今日だから」

伊月も会話に入ってくる。龍村は、太くて真っ直ぐな眉をひそめた。

「謎スタジオ？　ますますわからんな」

「何でもね、その元小学校の敷地は、昔からの地主さんの土地だったんですって。で、廃校後、体育館を残して他の敷地は売ってしまって、今は住宅になってるの。事情聴取の後、現場を見せてもらったんだけど……」

「ちっこい建て売りがみっしり並んでる中に、いきなり古ぼけた体育館がドーン！　ですよ。すっげー変でした」

伊月のやたら擬態語の多い説明に、龍村は何とも言えない顰《しか》めっ面になった。関東暮らしが長くてほとんど標準語を喋る伊月だが、擬態語だけは関西人の癖が抜けないままらしい。

「知性の欠片《かけら》もない説明だな。というか、現謎スタジオじゃなかったのか？　やっぱり体育館なのか？」

遠慮なくくさされて、伊月は不満げながらも怖い師匠に楯突《たてつ》く気はないらしく、素直に説明を追加する。

「いやそれが、地主の老夫婦にはひとり息子がいて、その人が体育館のガワはそのまま、内部をひとりでこつこつ改装し続けて、スタジオっぽくしたらしいんですよ」

「スタジオっぽく？　何だ、結局スタジオなのか、スタジオじゃないのかどっちなんだ！」

別に龍村は苛ついているわけではないのだが、何しろ腹に響くような見事なバリトンなので、ただ喋っているだけで妙な迫力がある。

伊月は微妙にミチルの陰に隠れるようにしながら、形のいい眉をハの字にして答えた。

「俺だって警察からの又聞きですよ？　なんでもそのひとり息子が変わり者で、その体育館をスタジオに改装して、そこで特撮映画を撮りたかったそうです」

「ほう、特撮を。ウルトラマンとか仮面ライダーとかのアレか？」

「そうです。だから余計な光が入らないように窓を全部潰して、建物の内側にも床にもびっしり防音材を貼り付けて、凄いみたいです。将来的には特殊撮影が出来る設備も入れたかったらしいですよ」

「そいつは……随分金がかかる話だな。そのひとり息子ってのは、何をしてる奴だったんだ？」

「さあ、今日はそこまでは。その息子はとっくに死んでて、両親も今は介護つき老人福祉施設に入ってるんで、まだ詳しい話は聞けてないらしいです」

ミチルはカウンター越しに差し出された器を両手で受け取りながら、苦笑交じりに言葉を足した。

「ほら、私たち、確かに拉致監禁されたけど、怪我は軽いでしょ？　捜査もわりにおっとりしてて。……ただ、うっかりメディアに嗅《か》ぎつけられて面白おかしく報道されるよりは、ゆったり捜査のほうが助かるわ」

「なるほど。さもあらん、だな。ということは、お前たちが、誰に何の目的でそんな場所に連れ込まれたのか、手がかりはなしか」

「今のところはね。まあ、おいおいわかってくるんじゃないかしら。大阪府警は優秀だし、T署には、伊月君の幼なじみの筧君がいるし。……あ、この匂い、フカヒレスープだ！」

何でも匂ってしまう法医学者の癖で、ミチルは器を持ち上げて鼻を近づけ、嬉しそうに言った。

どこか外国から来た怪しい奇術師のような独特な容貌の初老のマスターは、得意げに胸を張る。

「特製フカヒレスープ、しかもウニを載せてます」

「素敵。フカヒレスープ、大好き。んー、美味しい！」

「ホントだ。すげえ旨い。何食っても旨い！　やー、昨夜はもうヘトヘトで飯どころじゃなかったし、今日もずっとみぞおちに石詰められたみたいな気分で。超久しぶりのまともな飯って感じ」

すっかり機嫌を直した伊月も、熱いスープを吹き冷まして啜る。

褒められるのが大好きなのだろう、マスターは妙に長い鼻の下を擦り、腕まくりの勢いで包丁を振るい始める。

軽快な中華包丁の音を聞きながら、ミチルはごま油の利いた美味しいスープを味わいつつ、しみじみと言った。

「私ね、龍村君。自分が巻き込まれた事件のことも勿論《もちろん》気になるし、理不尽な目に遭わされて腹も立ててるけど、それより何より、ホントの暗闇があんなに怖いんだって、初めて知ったわ」

「あっ、それ俺も俺も。龍村先生、ホントの暗闇なんて知らないでしょ。マジで怖いっすよ。何にも見えないっすもん」

伊月は勢い込んで、若干自慢げにそう言ったが、龍村はホロリと笑ってこう言った。

「知っている」

「マジっすか！」

「ああ。僕の場合は遊びだが。旧西ドイツで始まった、『ダイアログ・イン・ザ・ダーク』というイベントがあってな。まあ、アトラクションのようなものだ」

ミチルは興味深そうに、れんげを持ったまま龍村を見た。

「何、それ？　いかにも暗いところへ行きそうな名前だけど」

「うむ。僕は東京に出張したとき、若い友人と二人で参加したんだが、その日のパーティは、知らない同士、確か八人だったな。実に愉快な経験だったよ」

「へえ、どんなもんです？　俺、何も見えない暗闇って死ぬほど怖かったですよ？　アトラクションとして成立すんのかな、そんなの」

「それがするんだな。そのアトラクションには、最強のリーダーが用意されてる」

「最強のリーダー？」

ミチルと伊月の声が綺麗に重なる。龍村は、どこか楽しげに過去の思い出をたぐり寄せ、頷いた。

「ああ。確か九十分ほどのアクティビティで、僕たちに与えられるのは、杖《つえ》一本だ。見知らぬ同士が暗闇で協力しあって、色々な経験をするんだが、そうした何も見えず、右往左往するばかりの僕らを導いてくれるのは、暗闇のエキスパートなんだ」

「暗闇のエキスパート……？　あ、そうか。視覚障害者？」

ミチルの言葉に、龍村は大きく頷く。

「そうだ。我々にとっては脅威の暗闇が、視覚障害者にとっては日常なんだ。だから、普通の世界における視覚障害という大きなハンディが、闇の中ではむしろアドバンテージになる」

「なるほど……。確かにそうっすね」

伊月も、呆けたような顔で相づちを打つ。

「闇に怯えて思うように動けない八人の人間が、空間の中でどこにいるのかを、リーダーである視覚障害者の女性は、声や物音、気配で的確に把握していたよ。水を得た魚のように生き生きと動く彼女に導かれ、僕たちは歩き始めた赤子のように闇の中を彷徨《さまよ》い、五感の他の四つをフル活用することを学んだ。……おそらく、昨夜のお前たちと同じようにな」

「味覚だけは、活躍させられなかったけどね」

「僕たちは味覚も活用させてもらったぞ。いつかお前たちも経験すべきだと思うから、詳しくは語らんが。とにかく、それまでの常識を引っ繰り返されたひとときだった。見知らぬ者同士が互いに声を掛け合い、触れ合い、手を取り合い……自然に協力して、課題を次々とこなした。あんな連帯感も、初めての経験だったな。むしろ、明るい場所に戻ってきてからのほうが、皆、どこかぎこちなかった。本当に有意義な体験だったよ」

ミチルは、次に運ばれてきた春巻きを頰張りながら、興味深そうに耳を傾けている。

「随分、メッセージ性っていうか、教育効果の高いイベントみたいね」

「そうだな。僕たちのパーティには一人、小学生の男の子がいたんだが、最初こそ怯えて泣いていたものの、最後には立派にサブリーダーの役目を果たしていたよ。子供時代にあれを経験すると、きっと視野の広い大人に育つことだろうな」

「視覚がミソだけに」

「誰が上手いことを言えと言った。まったく、調子のいい奴だ」

茶々を入れた伊月をジロリと睨《にら》んで、龍村は不思議そうに呟いた。

「しかし、お前たちをそんな暗黒の中に置き去りにした犯人は、いったい何が狙いだったんだろうな。まさかお前たちに真の暗闇を教えて、教育してやろうと思ったわけではあるまいに」

「どうなのかしら。本当に不思議なことばかりなのよね、色々。……その、さっきは言わなかったけど、体育館で見つけた乾いたアレ、とか」

さすがに狭い店内、しかも食事中に「人間の腕のミイラ」とは言いかねて、ミチルは微妙にぼかした表現をする。

伊月からそれについても聞いていたのだろう、龍村も顔の半分だけでニヤッと笑った。

「だな。まるでミステリー小説だ。伊月が来てからというもの、お前、やけに波瀾万丈《はらんばんじょう》じゃないか」

「ホントにそうよ。私はもっと平穏な日々を望んでるのに」

「ちょっと！　二人して、俺が諸悪の根源みたいに言うのはやめてくださいよ。俺だって、もっとのんびり過ごしたいですってば」

伊月はいかにも心外と言いたげに抗議したが、龍村はそれを聞くなり、人の悪い顔でニヤリとした。

「馬鹿を言うな。鉄は熱いうちに打てと言うだろう。お前は院生でいる間じゅう、馬車馬のように学べ、働け。そのときはとんだ苦労だと思っても、後になって振り返れば、かけがえのない財産になる」

「そういうもんですかねえ」

「そういうものだ。他人様が惜しみなく知識や経験を分けてくれるのは、新人の頃だけだぞ。恥ずかしげもなく無知丸出しの質問が出来るのも、その頃だけだ。うっかり肩書きがついて、偉そうな顔をしなくてはならなくなったら、肥大したプライドが、馬鹿を晒《さら》すことを許してくれなくなる」

「……なんか、龍村先生にそう言われると、説得力があるようなないような。龍村先生に、新人の馬鹿ヅラ時代なんて、あったんすか？」

伊月は龍村にではなく、むしろミチルに問いかける。ミチルは悪戯《いたずら》っぽく笑って肩を竦めた。

「どうかしら。確かに、昔はもう少しだけ初々しかったと思うけど？ でも龍村君は、昔から言われなくても人の百倍頑張るし、百倍勉強するし、でもそれを見せない人なのよ。だから、伊月君ほど見事な馬鹿ヅラを見せるチャンスはなかったかもね」

「あー！ 何につけても、二人して俺をクソミソに言うんだから。ムカツク！」

伊月は子供のようにむくれ、やけっぱちの勢いで春巻きを口に押し込む。

それをカウンターの向こうから見て、マスターが少し悲しげに声を掛けてきた。

「ああ、ちょっとちょっと。もうちょっと大事に食べてください。……一年にいっぺん、一週間だけ仕込む、特別な春巻きだから」

ほっそりしたモデルばりに綺麗な顔を、頬張った春巻きで左右非対称にしたまま、伊月は訝しげにマスターに視線を移す。

「一年にいっぺんだけ？　春巻きなんて、どこの中華料理屋にも一年中あるじゃないですか」

「うちのは、特別だから！」

マスターは「よそと一緒にするな」と言いたげに両手を腰に当てる。ミチルも興味深そうに長身のマスターの顔を見上げた。

「どう特別なんですか？　一年に一度しか仕込めないほど、珍しい材料が入ってるとか？　確かにとっても美味しい春巻きでしたけど。皮が、外側はパリッとしてるのに、内側はふんわり柔らかくて優しい味で」

「そう、それ！　皮が特別！　うちの皮は普通の皮じゃないの。卵を一枚一枚薄〜く焼いて、それで具を包むからね。大変なんです」

「へえ、卵。同じ春巻きでも、そりゃ凄いな。卵かあ。言われてみれば……」

伊月は口の中の春巻きをもぐもぐと大事そうに咀嚼《そしやく》しながら何度も小さく頷く。

常連の龍村も、珍しげに箸でつまんだ春巻きをしげしげ眺めてから、薪《まき》を炉にくべるような調子で口に放り込む。

「うむ。確かに凝った味だ。僕もこの店に長年通ってるが、初めて食べた。お前たち、昨日は滅多に味わえない不幸に見舞われたが、今夜は逆に、またとない幸運に恵まれたな。人間万事、塞翁《さいおう》が馬だ」

「本当ね。……人生初の刑事事件の被害者になってしまったけど、初めて、自分たちで事件そのものに立ち向かうチャンスを得たって側面もあるわ」

どこかしんみりしたミチルの言葉に、龍村は軽く眉根を寄せた。

「何だ？　警察に捜査を任せちゃおけんということか？」

「そういうわけじゃないけど、自分が巻き込まれた事件の落とし前くらい、自分でつけるわ。他人様にすべてを任せて、酷い目に遭いました哀れんでくださいって、べそべそ泣いてるつもりはないの。……少なくとも、私はね」

ミチルは毅然《きぜん》とした表情でそう言うと、ちらと伊月を見た。伊月もグラスを置き、憤然と同調する。

「俺もっすよ！　やられっぱなしじゃ男が廃《すた》るってもんですし！」

「……やれやれ。僕も人のことは言えんが、向こうっ気の強いところはお揃いだな、お前たち。あまり、所轄や都筑教授を困らせるなよ」

呆れ顔でそう言いながらも、龍村はギョロ目をどこか面白そうに瞬かせ、グラスに残ったビールを飲み干した。

「ご馳走様。全部、凄く美味しかった」

「ご馳走様でしたっ！」

店を出て、短い階段を下りたところで、ミチルと伊月は口々に礼を言った。

龍村は、少し嬉しそうに四角い顔をほころばせ、「おう」と頷いた。

「喜んでくれりゃ、幸いだ。少しは気晴らしになっただろう。……僕は酔い覚ましがてら歩いて帰る。駅への道は大丈夫だな？」

「平気よ、方向音痴じゃないわ。じゃ、また近いうちに」

「失礼しますっ。来週は、必ず行きます！」

「おう、だが無理はしなくていいぞ。おやすみ」

片手を軽く上げて短い挨拶をすると、龍村は両手をトレンチコートのポケットに突っ込み、横断歩道を渡って山手へと向かう。

彼の進行方向、少し遠くに見えるマンションの一室で、龍村はひとり暮らししているのだ。

「じゃ、私たちも帰ろうか」

龍村の姿をしばらく見送ってから、ミチルは伊月に声を掛けた。

だが、伊月がどこかボンヤリと自分の胸元あたりを見ているのに気づき、ミチルは怪訝《けげん》そうな面持ちになる。

「伊月君？」

ちょんと腕をつつくと、伊月はハッと我に返り、実に気まずそうに視線を彷徨わせた。

「あ！　あー、すんません」

そういうときの伊月が、たいていろくでもないことを考えているのを学習済みのミチルは、やや険《けわ》しい顔で後輩を追及した。

「何？」

「いや、何でも。ちょっとボーッとしてただけで。杏露酒のソーダ割り、飲み過ぎちゃったかな」

「嘘。何か考えてたでしょ。正直に吐きなさい。何？」

ミチルは顔に似合わず酒が飲めないので、まったくの素面《しらふ》である。誤魔化しきれず、伊月は明後日《あさって》の方向を向いて低い声でこう言った。

「いやあ……その程度でも結構アレだなと」

「は？　何の話？」

曖昧な言い方が、かえって怪しい。ミチルは、じり……と伊月に半歩にじり寄る。

こちらもきっちり半歩後ずさり、伊月は観念したように白状した。

「いや……だから、その、昨夜」

「昨夜？」

「その程度のサイズでも、結構やーらかいんだなあ、とか、その、俺が過呼吸起こしたとき、ぎゅむって」

「…………ッ」

酒も飲んでいないのに、ミチルの顔がみるみるうちに真っ赤になる。

「その程度のサイズで悪かったわね！　このド変態！」

そして、嚙みつくような怒声と共に、素晴らしく軽快な音を立て、ミチルは伊月の後頭部を包帯の上から思いきり張り飛ばす。

当然の結果として、伊月は、かなり向こうまで歩いていた龍村が驚いて振り返るほどけたたましい悲鳴を上げることと相成《あいな》った……。

二章　二人は一人に勝り、三人は……

翌朝九時半、ミチルと伊月はO医科大学の片隅にある解剖棟、その一階の半分を占める解剖室にやってきた。

法医学教室に在籍する医師である二人にとっては、ここが本当の意味での「主戦場」である。

もっとも伊月はまだ大学院生だが、人手の足りない教室では、どんなに経験不足でも、医師であるというだけで立派な即戦力だ。

木製の扉を開けると、ブウン……と強力な換気扇の唸り声が聞こえてきた。

良くも悪しくも昭和感漲《みなぎ》る解剖室だが、綺麗好きな技師長、清田松司が暇さえあれば掃除をしているので、室内は清潔そのものである。

とはいえ、出入り口から解剖台が見えないようにズラリと並べられた木製の衝立《ついたて》も、解剖に立ち会う警察官たちのための古ぼけた木のベンチも、書記《シュライバー》を務める技師の森陽一郎が座る書記席も、衝立に取り付けられたシャーカステンも、天井からぶら下がるポータブルX線撮影機も年季の入った代物ばかりで、部外者が見れば、「可哀想なくらいのボロ」ということになるのだろう。

実習に回ってくる学生たちは、近代的な手術室とのあまりの落差に皆、愕然とするが、臨床経験のないミチルや伊月にとってはこれが普通で、哀れまれても今ひとつピンとこない。

「住めば都」というのは、まさにこういうとき使うべき言葉なのかもしれない。

「今日は……特に何も要らないわね」

解剖室の入り口すぐの衝立には、フックがいくつも並び、そこには各自のサージカルガウンやエプロンが引っかけられている。その下には、釣具屋で清田が買ってきた各々の長靴がきちんと揃えて置いてあった。

いずれも、遺体を解剖するときには必須のアイテムばかりだ。

だが今日は、ミチルも伊月もそれらには手も触れず、衝立が区切った細いスペースを通り抜けた。

「おはようございます」

「おっはよいーっす」

二人の挨拶に、所轄のT署から来ている三人の警察官たちの野太い声が即座に応える。

書記席には既に技師の森陽一郎が座り、その向こうにはT警察署の中村《なかむら》警部補が、これまた古ぼけたスツールに陣取っていた。

陽一郎は、中村が持参した書類に誤りがないかチェックしているところだった。いくら法医学教室の医師だといっても、必要な法的手続きなしに遺体に触れれば、死体損壊罪に問われてしまう。

所轄署と裁判所からそれぞれ鑑定嘱託《しょくたく》書と鑑定処分許可状が発行されて初めて、彼らは遺体を鑑定することが許されるのだ。

中村は立ち上がり、いかにも洒落者《しゃれもの》らしく上着の裾《すそ》をピッと伸ばした。

ここに来るときは、解剖に立ち会い、遺体に接近して写真撮影を行ったり、忙しいときは汚れたタオルを洗う程度の手伝いをしたり、科捜研に回す生体試料を受け取ったりするので、警察官は出動服を着用することが多い。

だが、今日は司法解剖ではなく司法検案なので、服を汚す恐れはまずない。

若い警察官たちはいつもの出動服だが、中村警部補だけは、パリッとしたスーツを着込んでいた。

「こらどうも、お世話になります」

中村は、一回りは確実に年下のミチルと伊月に、慇懃《いんぎん》に頭を下げた。ポマードでオールバックに固めた髪は、驚くほどの光沢を帯びている。

いつも伊月は心の中で、「あの髪はパカッと取り外せるんじゃないだろうか」と思っているのだが、さすがに試したことはない。

「つちゅうか先生がた、大丈夫なんですか？　まだ頭の傷、痛いですやろ。今日は鑑定医が都筑先生っちゅうご指定やったし、一昨日の夜から色々大変やったし、てっきり今日はお二人とも休みかと思うてましたわ」

人好きのする笑顔と、ちょっと意味ありげな目配せで中村にそう言われ、ミチルは彼にペコリと一礼した。

「確かに昨日は、深夜にT署の皆さんに謎の建物から救出していただいて、病院へも連れていっていただいて、たいへんお世話になりました。ありがとうございました」

「いやいや、そらまあ、こっちはそれが仕事ですから。先生がたは、どえらい災難でしたなあ。ご無事で何よりでしたわ」

ええ、まあ……とミチルは苦笑いで続ける。

「で、仮眠を挟んで事情聴取と現場検証まで経験させていただいて、確かにヘトヘトになりましたけど……でも、こっちも仕事は仕事ですから。ああ、それとも」

ミチルも、もの問いたげに、自分より少しだけ背の高い中村の顔を上目遣いに見上げる。

「やっぱり、刑事事件の当事者である私たちが、検案に立ち会うのは望ましくないとか……そういうことでしょうか」

中村は肯定とも否定ともつかない、実に曖昧な首の傾げ方をした。

「まあ、そこが微妙なとこなんですわ。今回、先生方は当事者っちゅうか、被害者の立場になるわけですけど、幸い、軽傷で済みましたし。何より本日の主賓《しゅひん》の第一発見者が、そもそも先生方ですしね。もう、さんざん見て触った後ですやん？　今さら検案に関わるなって言うても、意味あれへんなあと」

そう言って、中村は部屋の中央にある解剖台に視線を向けた。

普段、司法解剖を行うときには遺体が載せられる大理石の解剖台に、今朝は、中村曰くの「本日の主賓」、つまりミチルと伊月が発見したミイラ化した人間の右腕が、ちんまりと置かれている。

Vネックのロング T シャツとスキニージーンズ、それにごついワークブーツといったいつもの服の上から白衣を羽織った伊月は、長めの茶色い髪をうなじで一つに結びながら口を挟んだ。

「そうそう。俺が蹴飛ばして、ミチルさんが摑んで引きずったもんだから、当事者たちがその辺をちゃーんと説明しながら、検案に立ち会うべきだと思うんですよね、俺」

「そう言わはると思いました。関わらんといてくださいてお願いして、言うこと聞いてくれはる人らでもないですしね」

中村は、半ば諦めの面持ちで頭を振りながらそうこぼした。伊月は、切れ長の目を期待に見開く。

「じゃあ……」

「今回に限っては、僕らはうるさいことは言いません。先生がたの良識に任せますわ」

「……やった！」

伊月は小さなガッツポーズをし、ミチルもちょっと嬉しそうな顔をした。

二人とも、解剖室から退出させられることを覚悟しつつ、それでも自分たちが巻き込まれた事件から手を引くのが嫌だという一心で、この場に現れたのだ。

何故なら本来、刑事事件の場合、事件の当事者が鑑定業務に関わることは避けるべきとされている。

これが殺人事件で、ミチルと伊月が事件の当事者であったなら、司法解剖は、最初から他大学の法医学教室に嘱託されることになっただろう。

しかし何と言っても今、彼らが鑑定できるのは、ミイラ化した腕一本きりなのだ。

それで中村も、今回ばかりは寛容なスタンスを取ることにしたらしい。

ただし、伊月とミチルの熱中しやすい性格を既に把握している中村だけに、しっかり釘を刺すことも忘れない。

「口幅《くちはば》ったいことを言いますけど、職分を越えて事件に深入りしたりはせんといてくださいや？　あと、あくまで鑑定医は都筑先生で……て、その都筑先生はどちらに？」

「……あー……ええと、それは」

ミチルと伊月は、顔を見合わせた。

気まずげな視線を交わし、互いに無言のうちに「お前が言え」と押しつけ合う二人をよそに、書類にペンを走らせていた陽一郎が、顔も上げずにサラリと言った。

「ここしばらく寒いので、持病の痔《じ》が悪化したそうです。内科を受診してから降りていらっしゃるので、少し遅れると思います」

「あ……あ、ああ、そういう。そらまた、えらいことですな。……股《また》だけに」

男性だが、女の子のように華奢《きゃしゃ》な陽一郎に、どうにも気まずい他人のシモの事情を聞かされ、いつもはふてぶてしい中村も面食らって、下らないダジャレを口にする。

「森君が勇者だ」

感服した様子で呟く伊月をよそに、ミチルは白衣の袖を下のシャツごと肘まで捲《まく》り、清田が差し出した手術用のラテックス手袋を嵌めて、解剖台に近づいた。

「そういうことなので、教授《プロフェッサー》が来るまでただ待っていても仕方がないわ。出来ることから始めましょう」

「はいっ」

伊月も手袋を手にミチルの向かいに立ち、清田は愛用のカメラとスケールを持って、いそいそとやってきた。

中村も「ほな、お願いします」と軽く頭を下げる。

三人の警察官のうちのひとり……伊月の同居人である筧兼継も、スケッチとメモを取るため、ボードとペン、それに赤青の色鉛筆を手に、解剖台から近い場所に立った。

もうひとりは鑑識員なので、清田の横で、こちらもご自慢のカメラを既に首から下げている。

若い女性の鑑識員は、司法解剖の時には、年配の上司の補佐役として来る人物だが、今回は司法検案、しかもミイラの腕一本とあって、修業がてらひとりで来たらしい。

「では、まず腕全体、四方向からそれぞれ裏表の写真をお願いします。伊月先生、お願い」

「はいっ。ほんじゃ、まずは真上から、表裏行きましょうか」

もうじき法医学教室に入って一年、写真撮影の指示くらいはお手の物になった伊月が、黒いスケールをピンセットで添えながら、清田と鑑識員に、あちこちからミイラの腕を撮影させる。

たとえそれが腕一本であれ、とにかく徹底的に撮影することが、検案の基礎の基礎である。

鑑定試料は永久に発見時の状態を保てるわけではない。面倒だが、デジタルカメラ以外にも、画像編集ソフトで修正することができないフィルムやポラロイド写真で記録を撮っておくのは、もっとも重要な作業の一つなのだ。

残りのメンバーがそれを遠巻きに見まもっているところへ、痩せぎすの小柄な男性がヒョイと顔を覗《のぞ》かせた。

どこかそろそろと慎重な足取りで書記席に近づいてきた白衣の男性こそ、法医学教室教授の都筑壮一である。

四十代で教授の座についた実力者だが、体格が貧相な上、物腰が極めて温和なので、あまり切れ者という印象はない。迫力に至っては、マイナス値の域である。

「や、遅うなって申し訳ない」

軽く手を上げ、いつもの人の良さそうな笑顔で現れた都筑だが、迎える皆は、遅参の原因を知っているだけに、何とも微妙な労《いたわ》りの面持ちになる。

「お疲れ様です、都筑先生。その、何やえらいことやそうで。大丈夫ですか？」

代表して質問した中村に、都筑は白髪《しらが》交じりの短い髪を片手で掻き回した。

「処置してもろたから、ひとまず大丈夫や。せやけど、あれは何度経験してもビビるなあ。ちょっと気張っただけで、便器真っ赤やで」

「うわ、グロ……」

一時的に暇になった陽一郎が、優しい細面《ほそおもて》をあからさまにしかめる。中村も、眉をハの字にした。

「えげつないですな。お医者さんに偉そうなこと言うんもアレですけど、手術とかしはったほうがえぇんと違いますか」

「主治医からもオペを勧められてるんやけどなあ。どうも、ケツにメス入れんは躊躇われるわ」

「そらそうですわな。お大事にしはってください。辛いもんは食わんほうがえぇらしいですよ」

そんな中村と都筑の呑気な会話を聞きながら、ミチルは思わず独りごちた。

「日頃から、他人様のお尻どころか、全身を切り開いてる人が、よく言うわ」

すると、伊月がミイラの置き方を変更するのを待っていた清田が、これまた小声でミチルに囁いた。

「先生はそう言わはりますけど、いざ自分の身体となると、怖いもんですよ。僕なんか、植毛さえ躊躇いますわ。ふさふさに戻りたい気持ちはあるんですけどね」

「……ッ」

いわゆる前線後退型の薄毛である清田に澄ました笑顔でそんなことを言われて、ミチルは返答に窮し、息を詰める。

ミチルや伊月を先生呼ばわりし、何かと立ててくれる技師長の清田だが、「三代の教授にお仕えしてきた」ことが自慢の、いわば教室の生き字引である。まだまだひよっこを自覚しているミチルとしては、失礼な態度を取るわけにはいかない。

「そ……そういう、ものでしょうか」

「そういうもんですわ。チクッとするんも嫌ですもん。メスなんて、もうとてもとても」

笑うに笑えないミチルをよそに、ばね仕掛けの人形のように首を振りながら、清田はピョコピョコと跳ぶような独特の歩き方で、再び撮影に戻っていく。

「植毛……やっぱ考えたこと、あるんだ。っていうか、ふさふさだった頃があるんだ、あの人」

ミチルは半《なか》ば呆然と呟き、まだお尻談義に花を咲かせている都筑教授と中村警部補、それを嫌そうに聞いている陽一郎を見やったのだった。

やがて撮影が終わり、改めて都筑、ミチル、伊月の三人は、ミイラの腕の前に立った。

「こらまた、見事なミイラやな。カチカチや」

それが、三人の中では唯一ミイラを初めて見る都筑のコメントであった。

隣に立つ伊月も、向かいに立つミチルも、感慨深げな面持ちで同時に頷く。

二人にとっては、件《くだん》の体育館から救出されたとき、警察にミイラの腕を託して以来の再会だったわけだが、法医学者としては、今が初見に等しい。

何しろ暗闇の中に長時間いたせいで、あの夜は光が耐えがたく眩しく感じられ、明るい場所でミイラを子細に観察するどころか、目を開け続けていることすら難しいありさまだったのである。

伊月は、感心しきりで言った。

「闇ん中で最初に蹴飛ばしたとき、やけに硬い感触でしたからね」

ミチルも、感慨深そうに伊月に同調する。

「私も、摑んだときはてっきり木ぎれだと思ったくらいです」

解剖台の上に置かれたミイラの腕は、カラカラに乾燥し、皮膚は褐色《かっしょく》のなめし革のようになっていた。乾燥が特に高度な指は黒ずみ、枯れ枝じみて見える。

五本の指を軽く広げて曲げた、ちょうど誰かの肩を叩くときのような手の形は、当たり前のことだが発見時のままだ。

しかし、改めて蛍光灯の下で見ると、発見時にはわからなかった所見が、そのミイラにはあった。

ちょうど肘と手首の中間くらいの部位に、損傷とおぼしき皮膚の凹凸《おうとつ》が認められる。

　高度に乾燥し変色した上、すべての組織がカチカチになっているので、外表から皮下の様子を窺うことは不可能である。

　しかし、顔を近づけてみると、その凹凸はいかにも規則的で、しかもところどころに細い糸が見えた。

　それがどうやら縫合痕《ほうごうこん》であることに気づき、ミチルは声を上げた。

「この腕、ここでぐるっと一周、縫ってある！」

「えっ、マジですか？　うわ、ホントだ。俺たちが使うやつに比べて、うんとほっそい糸。くっそ、気付かなかったな」

　伊月の悔しそうな様子に、都筑は腕組みして苦笑いした。

「さすがに、闇の中で見つけるには細すぎる糸やろな。伏野先生、所見を頼むで」

「はい。じゃあ、最初から行きます。陽ちゃん、お願い」

　ミチルはステンレスの物差しを清田から受け取り、書記の陽一郎に声を掛けた。

　いくら目を引く損傷があっても、まずは基本的なチェックポイントから所見を述べていくというのが、司法検案のスタンスである。

「いつでもどうぞ」

臨床検査技師であり、解剖に関しては素人《しろうと》の陽一郎だが、司法解剖の書記に入るようになって、解剖用語には随分詳しくなった。それに女性的な見かけによらず剛胆な性格らしく、どんな死体を見ても動じることはない。

今朝も冷静そのものの態度で、ボールペンを構えて待機している。

ミチルは、両手に一本ずつ物差しを持ち、それで器用にミイラのサイズを測り始めた。

「人間の、右前腕部のミイラ。肘下の断端《だんたん》から、軽く曲げた第三手指先端までの距離、三十六・二センチ。手首から同じく第三手指先端まで十六・一センチ。大きさから、成人男性のものと推測される。伊月君と同じくらいかしら」

「……っすかね」

伊月はミイラの腕の横に、自分の右手を添えてみる。

確かに、ミイラの手の大きさは伊月より一回り小さいくらいである。高度に乾燥し、縮小していることを考えれば、元の大きさは伊月と同じくらいかもしれない。

「組織は高度に乾燥、色調は、褐色から黒褐色。僅かに干し肉様の臭気を帯びる。腐臭、黴臭などはなし」

ミチルがハキハキと告げるミイラの腕の外表所見を、陽一郎は凄い勢いで書き留めていく。

筧も邪魔にならない場所に立ち、ボードを抱え込むようにしてメモを取っている。ミチルは物差しを伊月にすっと差し出した。続きをどうぞ、という意思表示である。

ここに来てもうすぐ一年とはいえ、末っ子であることに変わりはないので、こういうとき、伊月は未だに緊張してしまう。

筧がチラチラと心配そうな視線を投げてくるのを敢えて無視して、伊月はゴホンと咳払いし、背筋を伸ばした。

「えっと……そう、手指はすべて先端まで欠損なし。爪の剝落《はくらく》なし。爪はすべて短く整えられており、変形なし」

都筑は面白そうにニヤニヤしながら聞いているだけだが、ミチルは「それでいい」と言うように、小さく頷く。

それに励まされ、伊月はようやく落ち着きを取り戻して検案を続行した。

「手首から十二センチの部位で、前腕全周の皮膚に、細かな凹凸を多数認める。同部に、外科的な縫合痕あり。縫合糸は全周にわたり残存しており、ナイロン糸……ですかね」

「おそらく」

ミチルは伊月の迷いながらの発言を短く肯定した。そんな頼もしい先輩を、伊月は救いを求める眼差しで見る。

「ええと……それから縫合方法は……。これ何でしたっけ」

するとミチルは、あっさりと答えを口にした。

「連続かがり縫合。ただ傷口を縫うだけなら素人にもできるかもしれないけど、この縫い方は、プロの仕事ね。縫い目が細かいし、糸のテンションも一定だわ」

「ですね。この縫い方って、何か目的があるんですか？　俺たちが解剖が終わった後、ご遺体を縫うやり方とは違うみたいですけど」

「私たちのは、治療目的じゃないから。外科の先生は、傷の部位や程度に応じて、最適な縫い方をチョイスするはずよ。連続かがり縫合は、創面《そうめん》が密着するし、糸も緩みにくいはず」

「へえ……。ミチルさん、臨床やったことないのに、詳しいですね」

「縫われたことなら、何度かあるから」

言葉少なにそう説明して、ミチルはミイラの腕を持ち上げ、ぐるりと一周、回転させてから言った。

「なんだかこれ、縫合のある部位で、腕が変な曲がり方してませんか？」

さすがにそれは老眼鏡《ろうがんきょう》が必要ない所見なので、都筑も顔を突き出すようにしてしげしげと腕を眺め、頷いた。

「せやな。確かにちょっと不自然に背側に反《そ》っとるわ。……清田さん、これ、レントゲン撮ろか」

「はいはい。すぐに準備しますよって」

ほい来たとばかりに、清田はレントゲン撮影用のエプロンを持ってくる。鉛入りの重いエプロンを、ミチルに手伝わせて都筑が着込んでいる間に、清田は機械の準備に取りかかった。

天井からぶら下がった、これまた骨董品《こっとうひん》手前くらいのポータブルX線撮影機のコードを解いてコンセントに繋ぎ、フィルムカートリッジをセットする。

今どきは、フィルム不使用のデジタルレントゲンもすっかり普及しているが、そんな高価な機材を購入する余裕など、法医学教室にはない。

準備が出来ると、エプロンを着用した都筑と清田以外は、全員、無用の被曝《ひばく》を避けるため、解剖室の外に出た。

現像が終わるまでは、いわゆる「煙草《たばこ》休憩」である。

煙草を吸わないミチルと伊月は、解剖棟の入り口の低い階段に腰を下ろして日なたぼっこをしていたが、そこへ一服して戻ってきた中村は、二人の前でやけに安定のいいヤンキー座りをしてこう切り出した。

「先生がた、ちょっとええですか。お二方が拉致監禁された事件についてですけども」

「あ、はい」

事件の捜査に関係していることと聞かされ、ミチルも伊月も自然と姿勢を正す。

中村は、ニッと笑ってこう切り出した。

「今回の事件は、目立たんように、敢えて僕と筧の二人だけで担当することにしました。先生がたのお立場上、ブンヤに知れたら色々めんどくさいでしょうしね」

「えっ、中村さんみずから？」

「そない言うてもらえるほど、偉い人間違いますて。ま、他人に絶対要らんことを言わん二人っちゅう意味合いで、いちばん安心していただけるやろと思いまして」

「それはお気遣い、ありがとうございます。正直、助かります。心配させたくないので、親にも話してないもんですから」

ミチルは心からホッとした様子でそう言った。中村も、バタ臭い顔をほころばせた。

「そう言うてもろたら助かります。ちゃんと言うとかんと、事件を軽う考えて、ええ加減な捜査しとると思われたらアレやと思いましてね」

「そんなこと、ありませんって。お世話になりっぱなしで、ありがたいと思ってます」

「まあ、こうして元気にしてはって、何よりですわ。せやけど、大事には至らんかった言うても、お二方は拉致監禁されたわけですし、まだまだわからんことが多い事件です。犯人の目星も、正直なとこ、皆目ついとりません」

そう言って、中村は面目なさそうに頭を撫《な》でた。伊月は、そんな中村を慰めるように口を挟む。

「そりゃ、まださほど時間が経ってないし、俺たちだって襲われた理由がさっぱりわからないんだから、仕方ないっすよ」

「そうそう。まあ院生の伊月君はともかく、私はそれなりに鑑定医として証人喚問の場にも立ってますから、そこで恨みを買う可能性はあるわけですけど。とはいえ今のところ、そこまでの遺恨を残すような物騒な事件に心当たりはないんです。ややこしい事件は、たいてい都筑先生が鑑定医になってくださってますから」

伊月とミチルの言葉に、中村は渋い顔で頷いた。

「事情聴取でもそう言うてはりましたね。……ああまあ、事件については、ここでお二方だけに言うより、都筑先生にもお話ししたいんで、後ほど。それとは別に、身辺警護の話をですね」

中村の口から飛び出した「身辺警護」という言葉に、伊月とミチルは同時に「えっ?」と声を上げた。

「いや、襲撃されたのは確かですけど、身辺警護ってのは、いくら何でもやり過ぎじゃないっすか」

伊月は呆れ顔でそう言い、ミチルも同意したが、中村は、難しい顔でかぶりを振った。

「これは、立派な傷害事件です。ほんまはずっと護衛をつけたいとこですけど、仕事の面で支障があるでしょうし、伏野先生に関しては帰り道、教室からT駅までを、せめてガードさせてもらうことにしました」

「教室からT駅まで?」

「はい。伏野先生のK市のご自宅は最寄り駅から近いですし、明るうて人通りのある道沿いでしょう。レディースマンションでセキュリティもしっかりしとるようやし。

電車にさえ乗ってもろたら、あとはまず大丈夫かなと」

どうやら中村は、ミチルの自宅のことまでしっかり調べてきたらしい。ミチルはやや困惑して異議を唱えた。

「そんなこと、わざわざしてもらわなくても大丈夫です。これからは私が十分に気をつけて、人通りの多い商店街を抜けていく道を通れば済むことだし」

「それやったら足りません。先生方は、この大学構内で襲われてるんですよ。こっちは最大限に譲歩して、教室からT駅のホームまでの護衛です。これ以上はまかりませんわ」

いかにも窮屈《きゅうくつ》そうに、ミチルは身じろぎする。

「そう……ですか」

「はい。申し訳ないんですが、僕は立場上、他の事件も掛け持ちせんならんもんで、覧を当分、本件の専従にしました。せやから、日中は捜査に出とっても、夕方には必ずこちらへ伺って、先生を駅までお送りさせます。先生も、絶対にひとりで帰らんといてください」

「わかりました。……でも、なんだか申し訳ないわ。大袈裟《おおげさ》だと思うんだけど」

「何も大袈裟違いますよ。次がないとも限らんですし、そんときには、スタンガンと後頭部一殴りでは済まんかもしれません。ホンマ、絶対に、日が落ちてからひとりで動かんこと。明るいうちでも、人気《ひとけ》のない場所には筧をお供させること。くれぐれも頼んます」

「……わかりました」

ミチルはいかにも渋々同意する。中村は、視線を伊月に移した。

「幸い、伊月先生は、うちの筧と同居しとるそうやし、あいつと一緒に帰宅してもらうっちゅうことで。伊月先生も、注意事項は伏野先生と同じです。ええですね？」

「……はーい」

こちらも不満げな面持ちで、伊月は鈍い返事をする。

中村がさらに念を押そうとしたとき、扉が開いて、清田が現れた。

「皆さん、現像が出来ましたんで、戻ってください」

丸眼鏡の奥の目を眩しそうに細め、片手を禿《は》げ上がった前頭部にかざしながらそう言って、清田はせかせかと解剖室に戻っていく。

「まずは、目の前の仕事を片付けましょう」

ミチルは勢いをつけて立ち上がると、きっぱりとそう言った。

中村と伊月もひとまずは口を噤み、三人は解剖室へ向かう。

解剖室の衝立に取り付けられた小さなシャーカステンには、ミイラの右腕のレントゲン写真が挟まれていた。

「うわっ！」

それを見るなり、伊月は驚きの声を上げる。ミチルも、「ありゃ……」と間の抜けた声を出し、白衣の胸ポケットにさしていたボールペンを引き抜いた。芯《しん》を出さないままの先端で、レントゲン写真の一部分……外表所見で、縫合のあった部位を指す。

「陽ちゃん、書いて。X線撮影により、縫合と同じ部位において、橈尺骨《とうしゃっこつ》の粉砕骨折を認める」

「はいっ。素人の僕が見ても、文字どおり粉々ですね。酷いなあ」

陽一郎は感心したようにそう言いながら、素早くボールペンを走らせた。

ミチルは、解剖台からミイラの腕を持ってきて、シャーカステンの前に立った。

レントゲン写真と同じ方向、角度で、ミイラの腕を保持して口を開く。

「なるほど。この腕は、何らかの理由で、高度に損傷されていたんだわ。今はこうして腕としての体裁《ていさい》を保っているけれど、それは全体が高度に乾燥して、硬くなったから」

都筑も、顔の細さに対して大きな口をへの字に曲げ、首を前に突き出した。そんな表情をすると、写楽《しゃらく》の役者絵にそっくりである。

「伏野先生の言うとおりや。生身んときはグニャグニャやったやろなあ、この腕」

「と、思います」

同意したミチルに、伊月は「ちょっと待ってくださいよ」と顔をしかめた。

「だけどこれ、創《そう》を縫ってあるんですよ？　どう考えたって、縫ったのは都筑先生言うところの、この腕が『生身』だったときでしょ？　こんなにカチカチになってからじゃ、とても針が通らないし」

「そりゃそうよね」

「で、しかも縫ったのは医者……もっと言やぁ、外科医ですよね。医者が、創口をこんだけ丁寧に縫合しておきながら、骨折に対する治療は一切行ってないって、すっげー変じゃないですか？」

「確かにそうやなあ。ほな、それをどう考える？」

今朝は痔の出血騒ぎで、髭《ひげ》を剃《そ》る余裕すらなかったのだろう、無精髭が疎《まば》らに生えた顎を撫でながら、都筑はミチルと伊月の顔を交互に見た。

明らかに上司に試されていることを承知で、ミチルは即座に口を開いた。

「可能性としては、いくつか考えられます。まず、一つ目は、死後の損壊だった。それならば、治療は一切必要ありませんから」

「待った。死後なら、治療が必要じゃない代わりに、創口をわざわざこんなに丁寧に縫うこともないと思うんすけど。骨がこんだけ粉々になるような衝撃なんだから、皮膚も軟部組織も筋肉も、ぐっちゃぐっちゃに挫滅《ざめつ》してたはずですよ。それを全周にわたって綺麗に寄せてチクチク縫うなんて、手間要りすぎる」

伊月の異論に、ミチルはあっさり同意した。どうやら、それは想定済みだったらしい。

「そうよね。しかも、誰かの死後、腕にそれだけの損傷を与えるといえば……ハンマーか斧《おの》を思いきり腕に打ち付けるとかでなければ、あとは交通事故くらいしか思いつけない。交通事故による死体損壊なら、事件が隠蔽《いんぺい》されない限り警察が介入して、司法解剖、あるいは検案が行われるはず。腕だけがあんな場所に置かれるなんて、考えにくいわ。可能性としては低いわね。そうなると、次の可能性は……生前の損傷。でも、治療の必要はなかった」

伊月はたちまち、パチンと指を鳴らした。

「この腕の持ち主は、受傷後、治療の暇もなく死んだ！　だけどそのまま遺族に返すのもアレだから、とりあえず目立つ損傷は縫ってあげた。うん、これならオッケーっしょ」

確信に満ちた発言だったが、ミチルは「うーん」と、疑わしげに首を捻った。伊月は、駄々っ子のような不満顔で、指導教官の化粧っ気のない顔を見る。

「何すか？」

「治療の暇もないくらい短時間で亡くなった人の腕を、どうして切断しなきゃいけないのかしら？」

「うっ」

痛いところを突かれて鼻白みながらも、伊月は反論を試みる。

「そ、そりゃあ、アレですよ。切断したんじゃなく、ちぎれた！　ほら、それこそ交通事故なら、何ヵ所も同時に重傷を負っても不思議は……」

「ちぎれたんじゃありません。この腕は、確かに切断されてるわ。ちゃんと見た？」

「う……」

「推測するのは、十分に観察してから」

ピシャリとそう言って、ミチルは腕の断端を一同に示した。

「肘のすぐ下の切断面は、やけに綺麗よ。露出している尺骨と橈骨《とうこつ》の断端の緻密層……つまり、骨の外側の硬い部分だけど、よく見ると細かい筋が見えるでしょう」

「マジっすか？　うわ、ホントだ、言われてみれば」

ミチルの言葉と伊月のリアクションに、皆……書記席の陽一郎までやってきて、ミイラの腕の断端に見入る。

愛用の老眼鏡を掛けた都筑は、さらに虫眼鏡《むしめがね》まで動員してしげしげと観察した後、ううむと感心した様子でひとこと「ほんまやな」と言った。

中村も、都筑から借りた虫眼鏡で骨の断端を見てから、ミチルに問いかけた。

「確かに、細かい筋模様が入ってますね。これは、つまり……？」

ミチルは簡潔に答えた。

「こんな模様、前にも見たことがあるわ。バラバラ殺人の死体の骨で」

「っちゅうことは、もしかして……」

「たぶん、刃物……つまりノコギリの類で切断したんじゃないかしら。これに関しては、医療用のって意味だけど。それも、ちゃんと骨を露出させてからね。いきなりノコギリで切断したなら、筋肉や皮膚の断端がこんなに綺麗なはずはないもの」

ミチルの見立てに、都筑は満足げに頷き、言葉を足した。

「僕もそう思うな。それに、見てみ。ここ。断面の軟部組織に、部分的に布目みたいな模様が入っとる。これ、スパッと切った腕の断面に、ガーゼを当てとったん違うかな。ほんで、跡がついたんや」

「なるほど。本当ですね」

「どっかで腕がぽーんと身体からちぎれて、そのままほっとかれて自然に出来たミイラとは違うっちゅうことや。つまり、これは……」

ミチルは都筑の視線を受け、考え考え答えた。

「どこかの病院で、外科手術により切断された腕ってことになりますね。その原因が、おそらくは前腕の粉砕骨折を伴う重篤な損傷であると考えるのが、自然な流れじゃないでしょうか。これだけの怪我だもの。治療が不可能だと判断されても、不思議はないでしょう？」

ミチルはレントゲン写真の骨折部を指し、伊月はポンと手を打った。

「確かに。えっ？　いやでも、あれっ、どうなんだろ」

「何が、どう？」

「いやほら、うちの場合は、俺たちが出す死体検案書を遺族が役所に提出して初めて、遺体の火葬許可が出るわけでしょ？」

「ええ。それが？」

「俺、臨床経験ないからよくわかんないですけど、たとえば病院で手足を切断したとき、それって、どういう処理をされるのかな。たとえば外科手術で腫瘍《しゅよう》とか臓器の一部とかを摘出したときに、それを患者に返すことはないじゃないですか。病院で責任を持って焼却処理するわけで。手足のときは、どうなんですかね？　けっこう大物ですけど」

伊月の疑問に、ミチルも「あー……」と困惑の面持ちになった。

「それもそうね。私もこれまで、気にしたことはなかったわ。都筑先生、ご存じですか？」

部下の問いかけに、都筑は無造作に頷いた。

「勿論、ご存じやで。火葬場の『部分焼き』て、知らんか？」

その耳慣れない言葉に、ミチルと伊月は同時に首を左右に振った。室内の他のメンバーも、もの問いたげに都筑に視線を集中させる。

中村だけは知っている様子だったが、何も言わず、都筑の説明を待っている。

都筑は、エラの張った顔でニヤリと笑って、説明を始めた。

「何や、知らんのんかいな。まあ確かに、まだまだ知らん人が多いけどな。結論から言うたら、切断肢《し》の場合は、手続きさえきっちり踏んでくれたら、本人や家族に返還できるんや」

「手続きって、書類とか、そういうのですか？」

伊月の問いに、都筑は鷹揚に頷く。

「せや。主治医が、手術の日時やら何やら必要事項を記載した書類を持たしてやったら、役所で火葬許可が出るし、個人の切断肢の持ち込みに対応してくれる火葬場も増えてきとるんやで。綺麗に焼いて、お骨にしてくれる。火葬場によっては、専用のちっこい骨壺も用意してあるらしいわ」

伊月はますます不思議そうに首を倒す角度を深くした。

「それ……切断した手足をお骨にして、どうするんですかね？　別に、持ってたって仕方ないと思うんですけど」

「まあ、目的は人それぞれやろけど、自分の身体の一部を、知らん間に処理されたくないと思うんは自然なことやろ。腕も脚も、生まれたときからずっと一緒におってお世話になった、愛着のあるもんやしな」

「それは、確かにそうですけど。仏壇に置いたりするんですかね」

「自分が死んだとき、置いといた手足の骨と一緒に葬ってほしい、五体満足で墓に入りたいからっちゅう人は多いらしいで。ほれ、外傷違《ちゃ》うかっても、糖尿病性の壊疽《えそ》なんかで四肢切断される人はけっこうおるからな。どうにもやりきれんやろ」

「ああ、なるほど」

ミチルは感心したように頷き、抱えたミイラの腕をじっと見下ろした。

「そういうことだとしたら、やはりこの腕の縫合は、腕を返却するにあたって、可能な限り綺麗な姿に……という主治医の配慮でしょうね。そして誰かさんは、返却してもらった腕を、焼かずにミイラにして持っていたって可能性もあるわけですね」

「よっぽど変わった人やろけど、あり得るな」

都筑は愛用の虫眼鏡を胸ポケットに戻しながら、そう言った。

すると、それまで黙って三人のやり取りを聞いていた中村が、おもむろに口を開いた。

「先生方のお話を聞いとって、もしやと思う件があるんですけどね」

「何ですか？」

ミチルは両腕でミイラの腕を抱えたまま、中村のやたらツヤのいい顔を見る。

中村は、ベンチの上に置いてあったバインダーを開いた。

「伏野先生と伊月先生が監禁されとった例の小学校の元体育館ですが、小学校が廃校になった後も、地主夫婦の意向で体育館だけは残されてたっちゅう話はしましたでしよう」

中村の言葉に、ミチルも伊月も都筑も頷く。

「他にこれといって手がかりもないもんで、昨日、まずは地主一家のことから調べ始めたんですわ。で、お二方には昨日、事情聴取に来ていただいたときにちょこっとお話ししましたけど、そんときはまだ写真がお見せできへんかったので」

そう言いながら、中村は、バインダーから紙片を一枚引っ張り出した。

そこには、若い、地味な顔立ちの青年の胸から上の写真がプリントされている。

「あ、じゃあこの人、もしかして……」

伊月に小さく頷いてから、中村は紙片に記された男の氏名を指さして答えた。

「そう、その体育館を、映画撮影用のスタジオに改装しようとしとったひとり息子です。佐川利雄《さがわとしお》といいまして、三年前の暮れ、三十歳で亡くなっとるんですわ」

「何や、てっきり誘拐犯候補かと思うたのに、三年前亡くなってるんやったら、犯人はこの人ではないねんな」

都筑に軽いガッカリ顔でそう言われ、中村は困り顔で頷いた。

「はあ、そうなんですわ。それに、地主の佐川夫婦には、まだ話を聞けてへんのです。旦那のほうは認知症で頭のキレに波がある、嫁はんのほうもここんとこ風邪で体調崩しとるっちゅうことで、夫婦が揃って入っとる施設のほうから、待ったがかかりまして。せめて嫁はんの体調が戻ってから、僕らが現地に赴《おもむ》いての聴取になりそうです」

「話は聞けんでも、そんな状態では、老夫婦にこの二人を襲撃して拉致監禁なんぞ無理やろ。ひとり息子も死んどるときたら、この地主一家は、事件に全然関係ないんと違うか」

都筑のもっともな指摘に、ミチルと伊月も口々に同意する。しかし中村は、軽く片手を上げて三人を制した。

「まあ、普通に考えたらそうなんです。ちゅうか、実際、拉致監禁の実行犯でないのは確かです。せやけど、息子の利雄は、もしかしたら事件関係者になるんかもしれん……と、今、先生がたのお見立てを聞いて思いました」

「どういうことです？」

小首を傾げるミチルが抱えたままのミイラの腕を、中村は指さした。

「その腕ですわ」

「腕？」

「息子の利雄の経歴を調べてみたら、地元生まれ地元育ち、公立高校を中退していて、そっからの足取りは、しばらく不明です。で、二十四歳になって、大阪の映像メディア関係の専門学校に入学、そこは二十六歳で卒業しとります。近所の人の話では、七、八年前から、体育館の前で利雄があれこれやっとったってことなんで、まあ、専門学校に通い始めた頃からですかな、彼が体育館をスタジオに改装し始めたんは。業者を入れてた感じはなかったようです。たまに、友達らしき若者が数人、出入りしてたくらいやそうで」

伊月はふむふむと小さく頷いた。

「確か、特撮映画を撮りたいってことでしたっけ。そう思い立ったから専門学校に入ったのか、学校に入ったから映画を撮りたくなったのか……まあ、どっちでもいいや。とにかく、それとミイラと何の関係があるんすか？」

すると中村は、今度はカルテのコピーを取り出した。

「こちらを見てください」

「これ、用箋《ようせん》の端っこに、O医科大学って書いてあるわ。うちの大学のカルテじゃないですか」

ミチルは少し驚いて、ただでさえ大きな目を丸くする。中村は、多少してやったりの人の悪い笑みを浮かべて頷いた。

「そうですねん。実はこの利雄、三年前の十二月、件の体育館で首吊って死んだんですけどね。その前年、こちらのO医大で、右腕切断の手術を受けてますねん」

「腕の切断？　しかも、右腕かいな。ちょー、カルテ見せてんか」

都筑は中村からカルテのコピーを受け取り、首からチェーンで下げていた老眼鏡を掛け直し、見入った。伊月とミチルも、両側から上司の手元を覗き込む。

都筑は老眼鏡を掛けてもなお微妙にカルテを遠ざけて読み、唸った。

「ホンマや。右前腕の全組織が高度挫滅、ほぼ轢断《れきだん》状態。開放骨折部位の骨髄内に感染を認めたため、肘関節直下で切断を行った……か」

「ここ、確かに書いてありますね。術前に説明を行った際、本人が強く自力での火葬を希望したため、切断後の前腕は返却したって。書類のコピーも添付されてます。正式な手続きだったっぽいです」

伊月はカルテの最後のページを指して読み上げ、ミチルが抱えたままのミイラの手を見た。

「もしかして……その返してもらった腕ってのが、ミチルさんが赤ん坊みたいに抱っこしてる、それ？」

「これ!?　確かに、そういうことなら、切断面が綺麗なのも、見事に縫合してあるのもわかるわ。外科手術されたんだもの、処理が綺麗じゃないはずがない。本人に返却するなら、血液や体液が漏れないよう慎重に処置したはずだから、切断面に布目……おそらくガーゼの痕が残っていても不思議じゃない」

都筑は呆れ顔で首を振った。

「ほな、何かいな。火葬する言うて病院から引き取った自分の腕を、燃やす代わりにミイラにしたんかいな、この佐川利雄っちゅう人は」

「その可能性が、あるん違うかと」

「何ちゅうことをするねんな。ほんでそもそも、なんで前腕を切断されるような大怪我をする羽目になったんや。どれどれ……」

都筑は、カルテの最初のほうに記載された入院時の記録を読み始め、たちまち顰めっ面になった。

「JR・T駅のホームから転落し、神戸方面へ向かう新快速電車に右前腕を轢過《れきか》された……と。なるほど。そらあ、ほぼ轢断されるわな。皮一枚でかろうじて繋がっとったっちゅう意味か。ああ、ホンマや。こらあかん。見てみ」

都筑は、搬入時の損傷部位のポラロイド写真を一同に示した。正確には、カルテに貼り付けられたポラロイド写真をカラーコピーしたものだが、損傷の酷さは十分に認識することができる。

「これは、さすがにちょっと」

陽一郎は顔色を変えて書記席に逃げ帰り、百戦錬磨の清田でさえ、「ひょ～」と奇声を上げる。

血にまみれた佐川利雄の右腕は、まさに「ほぼちぎれた」状態で、見るだに痛々しかった。

ミチルも軽く眉をひそめ、写真から中村に視線を戻した。

「ホームから転落って、どういう経緯です？　後に首吊り自殺してるってことは、これも自殺目的？　それとも、転落は事故で、自殺はこの負傷に関係があるのかしら」

すると中村は、むう、と奇妙な声を出した。

「そこがまた、微妙なとこで」

「微妙なところ？」

「僕は当時、よその署におりましたんで、もう異動した担当刑事に電話で訊ねたんですが、最初、ホームで救助されたときには、本人は『突き落とされた』と譫言《うわごと》みたいに言うてたそうなんです」

「突き落とされた!?」

伊月とミチルの声が、綺麗に重なる。中村は、小さく頷いた。

「はい。ところが、腕の切断手術が終わって、本人に面会が許された入院一週間後の最初の聴取では、事故やとハッキリ言うたそうです」

ミチルは眉をひそめる。

「事故？　うっかり落ちたって意味ですか？」

「はい。突き落とされたというのは、動転してうっかり口走ってしまった戯言《ざれごと》で、本当は、ホームの端に立っていたところ、急にふらついて、転落してしまったんや……と、供述したそうです」

都筑とミチルは、思わず顔を見合わせる。

「ほんで、実際、その佐川利雄にツレはおらんかったんかいな？　あるいは、カメラの映像や、目撃者は？　……ああ、森君、これも一応、写しを取っといてんか」

「わかりました」

都筑から佐川利雄のコピーを受け取った陽一郎は、静かに解剖室を出ていく。

中村は、腕組みしてかぶりを振った。

「本人が事故に遭《お》うたんは、午後七時過ぎ。まあ、ぼちぼち混み合う時刻ですんで、ホームには電車待ちの人がそれなりにおりました。せやけど、佐川利雄はあんまり人がおらん最後尾車両のあたりにおりまして、ホーム転落の瞬間を目撃した乗客はおらんかったようです」

「ほな、カメラは？」

「確かに、人気のないホームの端で、安全ラインの外側をひとりで歩く佐川利雄の姿が確認されとります。転落したとき、周囲には確かに誰もおりませんでした。残ったビデオを僕が見直しましたんで、確かですわ」

伊月は、細い顎に軽く曲げた指を当て、問いを発した。

「何か怪しげな動きとかは、映ってなかったんすかね。まあ、混む時間帯なら、乗る場所を前か後ろにずらすのは珍しいことじゃないですけど、別にそんなホームの端ギリギリに立たなきゃいけない理由はないでしょう？　当時、自殺の疑いとかは、なかったんすか？」

中村は、渋い顔で頷く。

「勿論、そこは疑わしいところですわ。電車が近づいてくるんを、ホームの端に立ってじいっと見とる後ろ姿が映ってますんでね」

「だったら……！」

「せやけど本人が、『映画を撮るとき、ホームに入ってくる電車をどんな風に撮ったら迫力があるか、綺麗に見えるかを研究しとった』って言うてますねん。なんぼ鎌を掛けても、自殺未遂やったとは認めんかったようですね。事故当時の所持品検査でも、遺書とおぼしきもんはどこにも見つからんかったようですし」

「ってことは、やっぱり事故か」

「はあ。結局、事故として処理されました」

「なるほど……」

「あ、ちょっと待って」

一同がううむと唸ったところで声を上げたのは、ミチルだった。

「いったい佐川利雄は、そのときどこへ行くところだったんです？　自宅はT市なんだから、T駅のホームにいたってことは、どこかへ向かうところだったんですよね？」

すると中村は、気障《きざ》な仕草で指をパチンと鳴らした。

「そうそう、言うんを忘れてました。十二月っちゅうこともあって、専門学校で仲の良かったメンツ四人と忘年会をやろうっちゅうことで、その会場である店に向かう途中やったそうです」

「そういうこと……。そのとき、会うはずだった仲間の供述は？」

「調書にありましたが、まあ、待てど暮らせど来んし、携帯電話にかけても応答がないしで不審に思うてたら、そんな事故に遭うとってビックリした……っちゅう話だけでした。自殺を企てるような気配はなかったと、口を揃えて言うとりましたね」

「そう、ですか。あの……」

何か言いかけたミチルを軽く上げた片手で遮《さえぎ》り、中村はきっぱりと言った。

「何しろ、佐川利雄は、あんまし友達がおらんようです。この際、僅かな手がかりでも得られたら儲《もう》けもんやと思うて、関係者全員にあたってみるつもりです。無論、専門学校時代の仲間も、現在の所在を調査しとるとこです。……ちゃんとやってますんで、ご心配なく」

言葉遣いは慇懃だが、中村のミチルを見る視線には、「捜査に口を出さないように」という威嚇《いかく》の色がある。

ミチルは小さく肩を竦め、「了解です」と珍しくしおらしい口調で言った。

そんな部下をどこか面白がるような目つきで見やり、都筑は中村に言った。

「まあ、捜査はそっちに任せるとして、こっちは数少ないやれることを、きっちりせんとな。たぶん、そういうことやったら、うちの病院に佐川利雄の血液サンプルがまだ残っとるはずや。それとミイラの組織からＤＮＡを採取して、ミイラの腕がホンマに佐川利雄のもんなんか、調べんといかん」

中村は、是非、と即座に応じた。

「お願いします。せやけど、あのカチカチのミイラから、DNAて採れるもんなんですか?」

「腐敗してもうてたら、ちょっときついけどな。骨髄に感染がみられたっちゅうことは、骨髄からのDNA抽出《ちゆうしゆつ》は無理やろし」

そう言いながら、都筑はミチルがまだ抱えたままのミイラの腕をじっと見た。

「誰の仕業か知らんけど、結構上手いことミイラにしたようやし、損傷から離れた部位の筋肉組織を採ればいけるん違うかな。なあ、伏野先生」

「おそらく。少し深く切開……というか、こう硬いと、電動鋸《のこ》を使って、組織ブロックを切り出す作業をしなくちゃいけないので、侵襲《しんしゆう》は大きくなりますけど、構いませんか?」

「大丈夫です。言うても可能な限り小さく、ええとこ採って、調べてください」

「わかりました」

ミチルが頷くと同時に、清田技師長が壁に掛けた電動鋸を取りに行く。何につけ、行動が素早いというのが、この小柄な男の自慢なのだ。

「じゃ、採取を……」

ミチルがミイラを解剖台に戻そうとしたそのとき、彼女の白衣のポケットでスマートホンが景気のいい着信音を響かせた。

「エルガーの行進曲て、えらいけったいな着信メロディーやな。イギリス人かいな」

「すぐにわかる先生も大概《たいがい》だと思います。……ゴメン、悪いけど採取お願い」

都筑の突っ込みに極めて冷静に言い返し、ミチルは伊月にミイラの腕を託して、スマートホンの液晶を操作しながら、衝立の向こうへ行った。

『もしもし、龍村君？　昨夜はどうもありがとう。今、検案中なんだけど……うん、検案。解剖じゃないわ。何か急ぎの用事？』

どうやら、電話の相手は、兵庫県監察医務室の龍村泰彦らしい。

別に、他人の通話内容に聞き耳を立てる趣味はないので、ミイラの腕を赤子のように抱いて、伊月は解剖台へと足を向けた。

「ほんじゃ、切りますか。……この辺から、こう、少し大きめに二センチ角くらいで切り出します」

「はいはい。ほな、しっかりホールドしときますよって、どうぞ」

伊月の向かいに立った清田は、ミイラの手首と断端をしっかりと押さえ、伊月が組織の採取をしやすいように固定する。

そんな風に、自分は至れり尽くせりのサポートを受け、甘やかされているのだと気付いたのは、今のミチルの電話相手、龍村のもとで週に一度、修業するようになってからだ。

龍村の指導は、昔気質《かたぎ》の職人よろしく「みずから学べ」「技術は盗め」という厳しいものだが、そのおかげで、伊月は先輩たちの仕事ぶりをより注意して見るようになったし、同時に自分で考え、判断する姿勢も身に付いてきたように思う。

半年前なら、こういうときでも、いちいち都筑に「ここでいいでしょうか」とお伺《うかが》いを立てなくては、怖くてミイラに傷を付けることなど出来なかっただろう。

(俺も、ちょっとは成長したよなあ)

そう思いながら、伊月は電動鋸のスイッチを入れた。

かなり強い振動に耐え、慎重に扇形の鋸の歯を組織に当てる。思ったより強い抵抗を示しつつ、歯は硬い皮膚を切断し、皮下組織を経て筋肉へと沈んでいった。

赤っぽい砂のような組織片が、辺りに散らばる。

「四年前に切断されたものなら当たり前ですけど、マジでカッチカチに乾いてますね、これ」

「せやろな。怪我しなや」

伊月の背中に向かって、都筑は即座に声を掛ける。口は出さないものの、伊月の作業をしっかり監視していたらしい。

「大丈夫ですよっ、と」

サンプルの切り出しというよりは、チェーンソーアートでも作っているような感覚で、伊月は筋組織のブロックを切り出した。

こちらも見事に乾燥し、黒っぽい、プラスチックのサイコロのように見える。

サンプルと、ミイラの侵襲を加えた部位をきちんと写真に収めたところで、スマートホンをまだ手に持ったまま、ミチルが戻ってきた。

「伊月先生、今日、何か急ぎの仕事とか、ある？」

サンプルを小さなプラスチック容器に入れて密閉しながら、伊月は無造作に答える。

「……いや、別に。何すか？」

「兵庫県監察医務室が、今日、凄く忙しいんだって。龍村君が、可能なら来てくれるとありがたいって言ってるんだけど、どうする？」

伊月は、迷うことなく即答した。
「ああ、じゃあ行きます。ここ、任せてもいいっすか？」
「ええ。後はやっとく。あと、昨夜のご飯のお礼、もっぺん伝えておいて」
「了解です！」
不格好な敬礼を残し、伊月は解剖室を飛び出していった。
「あっ、タカちゃ……伊月先生、僕がいるときは、昼間でも駅までご一緒します
し！」
うっかりいつものようにタカちゃん呼ばわりしかけた筧は、大慌てで言い直しなが
ら、伊月の後を追いかける。
「ほう。龍村先生からヘルプコールか。伊月先生も、えらい頼られるようになってき
たやんか」
都筑は無精髭を弄りながらニヤニヤする。
「そうですね。片腕にはほど遠いですけど、使い物にはなってきたみたいです。最
初、ひとりで監察に行かせるのは、龍村君に迷惑を掛けすぎかと思ったんですけど
……都筑先生のご判断、正しかったみたい」
龍村に了承の返事をして通話を終えたミチルは、どこか姉めいた口ぶりでそう言っ

て、スマートホンをポケットに突っ込んだ。

「身内はどうしても、末っ子に甘うなるからな。かわいい子には旅をさせよ、っちゅうやつや。ほな、片付けよか」

「はい。上がったらすぐ、外科のほうに佐川利雄の血液サンプルの有無について問い合わせて、ミイラの筋組織からのＤＮＡ抽出にかかりますね」

「外科には、僕から電話して頼んどくわ。ミイラのほうを頼むで。森君、ほな、とりあえずの検案書を書こか。後日、訂正せなあかん可能性大やけど」

都筑は陽一郎の机の傍らに立ったまま、検案書の記載内容を指示し始める。座らないのは、おそらく痔が原因だろう。

そんな都筑をよそに、ミチルは組織切り出しの際に出来てしまった小さな破片を収めるべく、小さなプラスチックバッグの口を開いた……。

＊　　＊

伊月が兵庫県監察医務室に到着したのは、昼過ぎのことだった。

事務員の田中《たなか》への挨拶もそこそこに、オフィスに荷物を置いてケーシーに着替え、伊月はすぐに解剖室へ向かった。

「おう、すまんな、伊月」

解剖室では、龍村がひとりで解剖を行っていた。

「お疲れ様です。さっき、事務室で一覧を見てきましたけど、あと六体ですか」

サージカルガウンを羽織りながら伊月がそう言うと、龍村は広い肩を竦めた。

「ああ、そんなところだ。まだこの時間だから、増えるかもしれん」

「うええ。ともかく、手伝います」

サージカルガウンの上から、足首まであるゴム引きのエプロンを着け、手術用の布製の帽子を被り、長靴を履く。

手術用の手袋を嵌め、アームカバーをして、その上から軍手をつければ、装備は完璧だ。

伊月は龍村の作業を手伝おうとしたが、龍村は手を止め、もう一つの解剖台のほうに顎をしゃくった。

「いや、こっちはもう閉じるだけだ。そっちのご遺体を頼む」

「え、俺がやっちゃっていいんですか？　俺、大学でもまるごと一体、任せてもらったことはないですよ？」

伊月が不安げに顔をこわばらせると、龍村は四角い顔を軽く歪《ゆが》めて苦笑いした。

「心配するな。お前に任せられるようなものしか頼まんよ。つべこべ言わずに、検案してこい」

「へ？　検案？　解剖じゃなくて？」

伊月はキョトンとしたが、龍村がそれきり何も言わずに作業を再開したので、すごすごと奥の解剖台へ歩み寄った。

解剖台の上には、樹脂の袋に入ったままの遺体が載せられていた。

監察医務室では特に珍しいことではないので、何の気なしに袋のジッパーを開けた伊月は、息を呑んで後ずさった。

「……うわ……っ！」

ミチルや龍村なら、顔色一つ変えずに淡々と対処したことだろう。

だが、まだ経験の浅い伊月にとって、それはあまりにも衝撃的な遺体だった。

袋に収められていたのは、まだ若い男性の遺体だった。

全身血染めのその男性はスーツ姿だったが、伊月を驚かせたのは夥《おびただ》しい出血ではない。

男性の胴体が、ウエストのあたりで着衣ごと真っ二つに切断されていたのである。

まるで分かれたパーツを繋ごうとする糸のように、無残な断端からは、腸管や血管がダラリと伸びている。

「くっそ……ビビった」

駆け出しといえども、法医学者が死体を見て悲鳴をあげるなど、言語道断である。

伊月は忸怩《じくじ》たる思いで、書記机の上に置かれた「電送」と呼ばれる、遺体の身元、死亡状況が簡潔に書かれた紙片を見た。

「駅のホームで、電車に飛び込み、か」

ふと、今朝のミイラの腕、そしてその腕の持ち主の可能性がある佐川利雄のことが、伊月の脳裏を過《よ》ぎる。

事故を主張した佐川と違い、目の前の人物は、遺書を携えていたため、自殺と断定されたようだ。

深呼吸して落ち着きを取り戻した伊月は、ともかく、袋のジッパーを下まで完全に下げた。

遺体は、革靴を右足にだけ履いていた。おそらく、電車に撥《は》ねとばされ、轢過されたとき、左の靴は脱げてしまったのだろう。

伊月はボードを取り上げ、検案所見を記し始めた。

「体幹、腰部で完全離断、左上腕は、肘の上十センチの部位でほぼ離断……続きは服を脱がせて見なきゃ、だな」

できる限りの記載を済ませてから、伊月は遺体の着衣を脱がせにかかった。しかし、スーツが大量の血液でべたついているのと、あちこちで裂け、破れているせいで、一筋縄ではいかない。

悪戦苦闘の末、ようやく衣服を取り去り、出来る範囲で遺体の体表に付着した血液をタオルで拭き、手袋を外して検案記録をひととおり書き終えたところで、自分が担当する遺体の後処理を終えた龍村がやってきた。

「さっき、妙な声を上げていたようだが」

皮肉っぽい口調で突っ込まれ、伊月は恥ずかしさ半分、不満半分で口を尖らせた。

「そりゃ、前情報なしにこんなの見ちまったら、誰だって一瞬ビビりますよ。つか、明らかな自殺の場合は司法解剖に回ってこないから、轢死の遺体を見る機会はそうそうないんですって」

「それもそうか。こっちは行政解剖だから、見飽きるほど来るがな。……無論、見飽きちゃいかんのだが」

そう言いながら、龍村はラテックス手袋を脱ぎ捨て、無造作に小型のカメラを構えた。

「スケールを腋窩部《えきかぶ》と鼠径部《そけいぶ》に置いてくれ。見事な伸展創だ。写真に残しておこう」

「はい」

伊月は指示された部位をタオルでもう一度拭き、五センチの小さなスケールを置いた。

伸展創とは、体幹部や大腿部《だいたいぶ》を強い外力で圧迫され、皮膚が引き伸ばされたとき、力の加わった場所ではなく、構造的に皮膚が薄くて弱い腋窩部や鼠径部の皮膚が細かい波状に断裂したものを指す。

この場合の「強い外力」とは、言うまでもなく、「電車の車両の重量」のことだ。

「轢死の遺体って、どれもこんな感じっすか？」

伊月がやけに難しい顔で遺体を凝視しているのに気づき、龍村は太い眉を軽くひそめた。

「まあ、どこを轢過されたかによるな。この人物は体幹部をやられたが、頭部顔面は綺麗なもんだ。葬儀のとき、顔を見せることができるのは幸いだろうな。だが、顔面を轢《ひ》かれた場合は……言うまでもなかろうよ」

「ああ……そりゃそうっすよね」

痛ましげに遺体を見つめたままで、伊月はなおも龍村に訊ねた。

「あの、じゃあ、遺体を見て、自殺か他殺か事故かってわかるもんですか？　何か鑑別ポイントがあったら、知りたいんですけど」

「む？」

思いもよらない質問だったのだろう。龍村は片手にカメラを持ったまま十数秒考え、かぶりを振った。

「正直、電車による轢死体に関して、我々が自他殺、あるいは事故の鑑別をすることは不可能だろうな。そこを調べるのは、警察の仕事だ」

「……やっぱりそうですか」

あからさまにガッカリした様子で肩を落とす伊月に、龍村は訝しそうに質問を返す。

「おい、お前は何を知りたいんだ？　このご遺体に、何か不審な点でもあるのか？」

「ああいえ、そういうこっちゃないです」

伊月は慌てて片手を軽く振った。

言うまでもなく、伊月の脳裏には、数時間前に聞いた佐川利雄のことがある。

右腕を失うだけでも大ごとではあるが、一歩間違えば、彼はその時点で目の前の遺体と同じような状態で死んでいたかもしれないのだ。

そう考えると、彼が本当はいかなる理由でホームに転落したのか、そしてせっかく奇跡的に命拾いしたというのに、翌年、改めて命を絶った理由は何なのかが、気になって仕方なくなってしまう。

そんな気持ちが表情にそのまま出てしまっている伊月に、龍村はますます怪訝そうな面持ちになった。

「では、どういうことだ?」

「えっ? あ、ええと」

幾分厳しい声で問われ、伊月は言葉に詰まった。

昨夜の食事の席で、伊月は既に、ミイラの腕のこと、さらに名前は出さないまでも佐川利雄のことを少しばかり龍村に話している。

今ここでミイラの腕の持ち主が佐川利雄かもしれないと打ち明けたところで、相手が同業の先輩、もとい師匠である龍村なら、他言の心配はない。

しかし話してしまえば、律儀《りちぎ》な龍村のことだ、事件のことを常に気に掛けるだろう。

自分たちですら、いったい何者に、何故あんな場所に拉致監禁されたのかわからないのだ。そんな謎めいた事件に、多忙な龍村を巻き込むのは気が引ける。

咄嗟《とっさ》にそう考えた伊月は、極力さりげなく、いつもの軽い調子で答えた。

「轢死は滅多に経験できないんで、ゲットできるテクニックがあるなら、貰っておこうと思っただけですって」

「厚かましい奴だ。残念だが、そんな便利なテクニックはない。この遺体に関して我々が言えることは、彼が列車の車輪に体幹部を轢断されて死亡した、ただそれだけだ。警察が自殺と判断してここに遺体を送り、我々が検案して、その判断を支持できない所見を見出さない限りは……そういうことだよ」

「そっすね」

伊月は小さく肩を竦めて了承の意を示し、それでもなお、遺体の男性の、血だらけにもかかわらず、やけに安らかに見える死に顔を見下ろした。

「なんだか、ホッとしたような顔してるな。どんな気分なんすかね、電車に向かって飛び込むとか」

「うん？」

「だって、不思議じゃないですか？　縊頸《いけい》はまだ、嫌なら途中でやめればいいと思って軽く首を吊ってみたら、ビックリするほど素早く意識が落ちてそのまま……ってパターンが多いんじゃないかと思えますけど、これは違うじゃないですか。まず助からないし、自分の身体がぐっちゃぐちゃになるのがわかってて、それでもやるわけでしょう？　そこまでの根性があるなら、生きてれば必ずどうにかなると思うんですけどね」

そんな「弟子」の言葉に、龍村はしばらく何も言わなかった。

破れた着衣をみずから検分し、大きなビニール袋に収めて遺体の脇に置く。

次に、伊月の検案記録と遺体の所見を素早く照らし合わせ、満足げにバインダーを伊月に返してから、彼はぽつりと言った。

「人それぞれだ」

「えっ？」

両手でバインダーを抱えて、伊月はキョトンとする。龍村は、真摯《しんし》な面持ちで言った。

「昔は僕もそう考えていた。自殺するガッツがあるなら、どんな風にでも生きていける、生きるべきだと。だがそれは、本気で死を望んだことがない人間の驕《おご》った考えかもしれん。今はそう思う」

「それって……龍村先生は、本気で死にたいと思ったことがあるってことですか？」

「僕にはないよ。僕は何があろうと、百二十まで健《すこ》やかに生きる予定だ」

「じゃあ、なんでそんなことを？」

龍村はホロリと笑って、戸惑う伊月の背中を大きな手で軽く叩いた。

「人間は皆、生きる権利と等しく、死ぬ権利を持っている」

「う……」

「生きることだけを礼賛《らいさん》し、死ぬことは悪だ、間違いだと考えることが、果たして正しいのか……と、この稼業をやっていると、思わないでもないんだ。自然死だろうが病死だろうが事故死だろうが何だろうが、とにかく、死は死だ。一つの命が失われるという現象に、違いはない」

伊月のほっそりした顔に、あからさまな驚きの色が広がる。

「龍村先生がそんなこと言うなんて、予想もしなかったな。どんな困難にも打ち勝って生きろ！　ってどやしつけるタイプかと勝手に思ってましたよ、俺」

「ははは。落胆させたなら、すまんな。無論、僕自身は、大事な人には幸せに長く生きてほしいと願っているさ。そのためのサポートは惜しまないつもりだ。だが、みずから死を選んだ人を『間違っている』とは思いたくない。その人の意思を尊重する気持ちを持って、ご遺体に向かい合う。それだけのことだ」

龍村の言葉を噛み砕《くだ》くように、伊月は小首を傾げながら曖昧な相づちを打つ。

「そっか……。それは必要なことかも、かなあ」

「まあ、今はそんな哲学的なことを考えている場合じゃないぞ、伊月。通路にはまだ、検案や解剖を待っている死体がズラズラ並んでる。残念だが、僕たちの仕事は自殺を抑止することじゃなく、命が去った後の身体のケアだ」

変な感じで澱《よど》みかけた空気を打ち払うようにそう言って、龍村は処理の終わった遺体をストレッチャーに乗せ、待機している葬儀会社の職員たちに引き渡す。

「あっ、こっちの台にも、次の次の遺体の準備をします！」

ハッと我に返った伊月も、思考の糸を断ち切るように、男性の遺体を収めた袋のジッパーを勢いよく引き上げたのだった。


「じゃ、お先に失礼します」

同日、午後六時過ぎ、教授室をノックして、中の都筑に一声掛けたミチルは、ショルダーバッグをコートの上から斜めがけにして、セミナー室を出た。

「お待たせ。行きましょうか」

扉のすぐ近くに立っていたのは、言うまでもなくT署の新米刑事、筧兼継である。

「はい。ほな、駅までお供します」

こんな風に身辺警護の仕事をするのは初めてなのだろう、筧はどこかぎこちない足取りで、先に立って歩き出す。

「寒かったでしょ。部屋の中で待ってばよかったのに」

スーツの広い背中に向かってミチルはそう言ったが、筧は振り返らず、小さくかぶりを振った。

「いえ、それほどでもなかったですし、出来るだけ、仕事のお邪魔にならんようにしたいんで」

「筧君なら、ちっとも邪魔にはならないわよ。むしろ気になるから、明日からはセミナー室のテーブルのほうで座って待ってて」

「先生が、そう言うてくださるんやったら、はい」

どこまでも実直な筧は、そこでようやくいつもの人のいい笑顔で頷いた。

しかし、エレベーターを降りてエントランスに向かう段になってもまだ、筧の様子はどこかいつもと微妙に違う。

「……どうかした？　何か言いたそう」

大学の正門を出て、商店街へ向かう歩道を並んで歩きながら、ミチルは筧の顔を見上げて問いかけてみた。

筧は、隠していた病気をご主人に気取られた大型犬のような顔つきでミチルを見返し、なおも躊躇ってから切り出した。

「言おうかどうしようか、待ってる間からずっと迷っとったんですけど」

「何？」

「その、今朝、係長が……」

「係長？」

「あ、その、中村さんのことですけど」

「ああ、そっか。警察の人は、街中では自分たちの職場のこと、『会社』って言うんだっけ。だから、係長なのね。じゃあ、筧君は？」

筧は、少し照れ臭そうに答える。

「僕は平社員ですわ。一応、係、て言うんですけどね。それはともかく、中村係長が僕をこの件専従にした理由、先生、わかってはるかなと思いまして」

「理由？　理由なら聞いたわよ。余計なことを、外部の人に漏らさないことが確実な人選って」

「いや、それはそうなんですけど」

「何か他にも？」

ミチルはどこか悪戯っぽい上目遣いでそう言った。筧は、太い真っ直ぐな眉をハの字にする。

「わかってはるんでしょう、その顔」

「バレたか。でも、そうかなって思ってただけなのよ。やっぱりホントにそうなんだ？」

「はあ、まあ。わかってはるようなんで、はっきり言いますけど」

筧は小さく咳払いして、真面目な顔で言った。

「先生とタカちゃんが、自分が巻き込まれた事件の捜査を、人ごとみたいに結果待ちしてられる人やないんは、ようわかってます。せやから、何かしようと思うときは、必ず僕を巻き込んでください」

「あら、やっぱり正解だったんだ。中村さん、そうは言わなかったけど」

ミチルは、軽く驚いた様子で目を見張る。筧は困り顔のままで言葉を継いだ。

「そら、正面切っては言われへんですよ。けど、お二人がじっとしてへんのがわかってるのに、知らん顔しとるわけにはいきません」

「筧君……」

「せやから、僕がおるんです。隠れてあれこれしたりせんと、必ず僕を連れていってください。いつでもどこへでも行きますし、僕は専従なんで、この件に関することやったら、何をやっても捜査の一環になります」

「んー……」

ミチルは人の悪い笑みを浮かべ、頰にかかるウェーブした髪を後ろに撫でつけながら言った。

「だけど、筧君の身体は一つだから、私と伊月君をひとりで面倒みるの、大変そうよね」

通り掛かったケーキ屋の明るい店内をチラと見ながら、筧は正直に同意する。

「まあ、それはあるんですけど、残念ながら、これ以上人員を増やす余裕が……」

「わかってるわよ。だから、朝に身辺警護の話が出て以来、ずっと考えてたの。今、筧君の話を聞いて、余計に言いやすくなったわ」

「何ですか？」

不思議そうに問いかける筧に、ミチルは「お願いがあるんだけど……」と、チェシャ猫そっくりの笑顔で口を開いた……。

間奏　飯食う人々　その二

その夜、伊月が帰宅すると、筧はエプロン姿で台所に立っていた。

「ただいま～」

呑気そうな伊月の顔を見るなり、筧は温厚な彼にしては珍しく、ストレートに憤《いきどお》った顔で声を荒らげる。

「こらっ、タカちゃん！　車の音、せえへんかったで！　駅からはタクシーで帰ってくる約束やったのに、歩いたやろ⁉」

帰宅早々叱られた伊月は、照れ笑いでニットキャップを脱いだ。頭をすっぽり覆う帽子の下には、当然、件のネット包帯が隠されている。

「だって、そんなの大袈裟だよ。ミチルさんのことは、お前がちゃんと駅まで送ったんだろ？　俺は男だからそこまで心配しなくても……」

だが筧は本気で怒っているらしく、大きな拳でテーブルをドンと叩いた。伊月は文字どおり、小さく飛び上がる。

「ひっ」

「男も女も関係あれへん！　暗《くろ》うなってから単独行動して、もしまた何かあったらどうすんねんな。こないだは伏野先生が一緒やったからよかったようなものの、タカちゃんひとりで攫《さら》われたりしたら、えらいことやで！」

「や、だ、だから気をつけて人気のない道は通らないようにしたし……まあ、大通り外れてからここまでは、ちょっと暗かったし、誰もいなかったけど」

「ほら、やっぱし危ないやんか！」

「う、ううう」

「アカンで、タカちゃん！　僕はこの事件の専従やねんから、伏野先生とタカちゃんの安全に、責任があんねん。課長にも係長にも、ちゃんとやれやって念を押されとんのやから」

真剣な顔で諭され、伊月はさすがに反省したらしく、しょんぼりと項垂れた。

「ご、ごめん。そうだよな。俺もちょっと、大通り外れてからは怖くて、小走りで帰ってきた」

「せやったら、なんでそないなことすんねんな。タカちゃんがどうしても迎えに来ていらん言うたから、百歩譲って、駅からタクシー使うっちゅう約束に落ちついたんやんか！」

するとしたら伊月は、急にキッと筧を睨みつけた。まさに逆ギレの趣《おもむき》である。

「なんでって、だってそんなの悔しいだろうが！」

「は？　悔しい？」

「また襲われるんじゃないかとか、ビクビクして暮らすの格好悪いし、気分も悪いし。帰り道、いちいちお前に頼るのも、遠くもないのにタクシー使うのもさらに格好悪いし！　もう大丈夫、あんなことは二度と起こらないって思いたかったんだよ。今日、無事に帰れたらきっと大丈夫って、願掛けみたいに思ってたんだ。だけど怖かったからさ……」

伊月は、帰ってからずっとコートのポケットに突っ込んだままだった右手を引っ張り出した。その手には、しっかりとスマートホンが握られている。

「駅からここまで、ずっと、アドレス帳でお前の番号開いて、いつでもかけられるようにしてた。それでも、何度も振り返ったり、辺りをきょろきょろ見回したりして、マジで超怖かった」

「……はあ……」

筧は、片手をこめかみに当て、深い溜め息をついた。

(タカちゃん、小学生の頃から、こういうところは変わらんなあ)

子供の頃から、綺麗な顔立ちで女子に人気があり、そのくせ体格のほうはひょろりと貧弱だった伊月は、格好のいじめられっ子だった。

帰り道、公園に連れ込まれていじめっ子たちに取り囲まれ、因縁《いんねん》を付けられている伊月を、筧は何度となく助けてきた。

そんなとき、伊月は泣きながら地団駄を踏み、「お前に助けてもらわなくても大丈夫だった」と意地を張って怒りまくるのだが、最終的には、筧に手を引かれて帰りながら、「助けてくれてありがとうな」と素直に礼を言うのが常だった。

恐がりなのにプライドが高く、意地っ張りなところは、長じてもまったく変わっていないらしい。

「ホンマにもう……しゃーないな、タカちゃんは」

ようやく怒りをおさめた筧に安心したのか、伊月はスマートホンをポケットに戻し、改まった姿勢でペコリと頭を下げた。

「ホントにごめん。そうだよな。俺とミチルさんに何かあったら、お前が怒られるんだよな」

「別に、怒られるんは何でもあれへんけど、二人に何かあったら、僕は自分の仕事が果たされへんかったことになる。同じ男やねんから、それがどんだけきついことか、わかるやろ？」

今度は穏やかに諭され、伊月は素直にこっくり頷いた。

「わかる。……明日から、ちゃんとする」

「ホンマやな？　職場以外のとこ行くときは、必ず知らせてや？　窮屈かもしれんけど、帰りもしばらくは、必ず僕と一緒におって。どないしてもひとりで動かなあかんときは、絶対タクシーを使うこと。ええな？」

「……うん」

「あと……鬱陶《うっとう》しいかもしれんけど、犯人挙げるまでの間、タカちゃんの居場所、スマホのＧＰＳでわかるようにさしてもろてええかな。伏野先生にはお願いして、そないさしてもろてんけど。万が一の保険にな」

普段なら、そんな子供扱いは嫌だと駄々をこねたであろう伊月だが、筧に叱られたのが余程こたえたのか、驚くほどあっさり筧の提案を受け入れた。

「わかった」

「よっしゃ」

ええ子や、と続けて言いかけた言葉を危ういところで飲み込み、筧は強張っていた頬を緩めた。伊月に背を向け、キャベツをたんたんとリズムよく千切りにする作業を再開する。

「ほな、風呂入ってきぃな。冷や汗かいたやろ」

「う……うん」

伊月はまだ気まずそうにしながら、メッセンジャーバッグを茶の間に置き、コートを脱いだ。

なー……。

飼い主二人が揉《も》めているのを少し離れたところからじっと見ていた猫のしじゃもが、驚くほど長くてふさふさした尻尾をゆったり振りながら、伊月に歩み寄ってくる。

二人の間に発生した緊張感が解けるタイミングを、息をひそめて待っていたのだろう。

おかえりなさいを言うように、冷えたジーンズに顔を擦りつけるしじゃもを、伊月はよいしょとかけ声をかけて抱き上げた。

「よう、しじゃも。ただいま」

もふもふした柔らかな猫の身体が、一度はどん底まで凹んだ心を優しく包んでくれる。

拾ったときは片手で掴める大きさだったしじゃもも、すっかり成猫に近いサイズになった。

雑種だが、見事な長毛を見るだに洋猫の血が濃いようだし、足も太い。あるいは、まだまだ大きくなるのかもしれない。

愛想程度にしじゃもに鼻の頭を舐められながら、伊月は気を取り直して筧に近づいた。

いかにも新米刑事らしく、筧は硬そうな髪をどこぞの国の新兵のように短く刈り上げている。

仕事中は、よれた安物のスーツ姿も、面長の端整《たんせい》で温厚そうな顔と長身のガッチリした体型のおかげでわりに格好良く見えるが、自宅での彼はまったく違う。

今夜も高校時代の紺色のジャージを着込み、そこにデニムのエプロンをつけているせいで、刑事というよりは八百屋か魚屋のように見える。

「いい飯って、何？」

「へへ、特売やったから奮発したで。じゃーん」

そう言いながら、筧は冷蔵庫からアルミバットを出して伊月に見せた。

そこには、綺麗に衣を付けたころんと丸っこいフォルムの物体がズラリと並んでいる。

「おっ。もしかして、牡蠣《かき》フライ?」

「せや。牡蠣もそろそろしまいやし、もういっぺんくらい食べときたいなあと思てな。揚げもんは、時間に余裕あるときしかできへんし、頑張ってみた」

「やった! 一、二、三、四、五……すっげえ、十八個か。ひとりあたり、九個もあるな」

素早くバットの中の牡蠣を数え、伊月は子供のような笑顔になる。

ところが、対照的に筧のほうは、何とも微妙な表情になって、「う、うう」と曖昧な相づちを打った。

「あ? 計算間違ってねえよな、俺」

「ま……まあ、二で割ったらそうやな。とにかく、パパッと風呂入ってきいな。そろそろやし」

「何がそろそろ?」

「えっ? あっ、せやから、晩飯の完成が!」

筧の声は明らかに上擦っていたが、ご機嫌な伊月はそれには気付かず、ししゃもを床に下ろした。

「そうだな。んじゃ、さっくり入ってくる」

軽やかな足取りで脱衣所に向かう伊月の背中を、筧は困惑の面持ちで見送った。そして、傍らに座り、見上げてくるししゃもに向かって、「何や、言いそびれてしもたわ。まあ、ええか。じきにわかることやし」と独り言めいた口調で話しかけたのだった。


そして、二十分後。

入浴を済ませ、ごひいきのサッカーチームのレプリカジャージに着替えた伊月は、脱衣所から一歩出たところで、文字どおり固まっていた。

「な……な、なんで!?」

無理もない。彼の目の前には、キャベツの千切りをそれぞれの皿に大盛りにしている筧と、鍋の前に立ち、牡蠣フライを揚げている普段着姿のミチルがいたのである。

「な……なんでミチルさんがここにいるんすか!?」

愕然としている伊月に、筧は決まり悪そうに「ごめんなあ」とだけ言い、ミチルは菜箸《さいばし》片手に「ついさっき来たの。しばらくご厄介になります」とニッと笑った。

「ご、やっ、かい、に?」

猪八戒《ちよはつかい》と同じイントネーションで切れ切れに言う伊月に、ミチルはいささか行儀悪く、箸先で伊月が使っている洋間のほうを指した。

「うん。だって、身辺警護のことを考えると、どう考えても筧君ひとりで、私と伊月君を守るの、煩雑《はんざつ》でしょ?」

「は……はあ、そりゃまあ」

「だったら、事件が解決するまで、三人が同じ場所で生活してたら、ずいぶん手間が省けるんじゃないかと思ったの。でも、私の家は大学から遠いし、レディースマンションだから無理。それより、私が筧君と伊月君のお家にご厄介になるほうが、話が早いわ。だからいったん家に帰って、荷物をまとめて持ってきたの」

「荷物ってミチルさん、まさかここで暮らすつもりなんじゃや……」

ミチルはきつね色に揚がった大ぶりの牡蠣フライをバットに一つずつ上げながら、伊月の疑念をあっさり肯定した。

「そうよ? ここなら何度も夕飯食べにお邪魔してるから、勝手知ったる何とやらだし、男女でハウスシェアなんて、今どき別に珍しくもないし」

ミチルはあっけらかんとしているが、伊月のほうが、実は意外と古風な考えの持ち主だったらしい。啞然《あぜん》とした顔でテーブルに駆け寄った。

「や、で、でも！　俺たち、警察とか法医学とか、お堅い仕事なんだし、そういうのって、ちょっと」

「家主の許可があるんだからいいじゃない？」

「許可⁉　お前はいいのかよ、筧！」

いきなり矛先を向けられ、筧は気まずげに千切りキャベツの入ったボウルを片腕で抱えたまま、指先で顎を掻いた。

「いやまあ、別に規則で禁止とかそういうわけやないし、少なくとも僕は伏野先生に狼藉《ろうぜき》はせえへんし、確かに三人一緒におったら、職場にいてへん時間帯も安心やしなーて」

「そりゃそうだけど！　俺だって、別に何にもしないけど！　絶対に！」

なおも渋る伊月に、ミチルは顰めっ面でこう付け加えた。

「そこ、いたずらに強調しなくていいわよ。それに、伊月君の部屋なら鍵がかかるんでしょ。二人に道を誤らせないように、寝るときは施錠することにしたっていいのよ？」

それを聞いて、伊月は両手をテーブルの空き場所につき、ミチルのほうに身を乗り出した。

「ちょ、それ、俺の部屋を占拠するつもりってことなんじゃ……」

「そうよ？　それこそ、筧君と茶の間で雑魚寝《ざこね》ってわけにもいかないでしょ。たぶんしばらくの間なんだし、我慢してよ」

「ちゃんと、タカちゃん用に新しい布団一式、買うてきたから！」

「フォローになってねえっつの、そんなの。つか、ミチルさん。中村警部補には黙ってるとして……都筑先生にはどうするんです？」

そんな伊月の探るような問いかけに対するミチルの答えは実に明快だった。

「いちいち話す必要はないと思う。今日び、どこにいたってスマホで連絡がつくんだから。法を犯さない限り、職場外のことで、教授にお伺いを立てる必要はないわ」

「デスヨネー」

乾いたカタコトで相づちを打ち、伊月はゆっくりとテーブルから手を離し、背筋を伸ばした。まだ半乾きの髪を、片手で煩《わずら》わしげに掻き上げる。

ミチルは、牡蠣フライをすべて揚げ終わり、火を止めて身体ごと伊月のほうを見た。

「というわけで、監察へ行ってた伊月君には事後承諾で悪かったけど、とにかく、お世話になります。ちょっと窮屈な思いをさせちゃうけど、事件解決までよろしくね」

そう言って先輩にペコリと頭を下げられてしまえば、後輩の伊月にもはや拒否権はない。

「うう……しゃーねえ、こちらこそ。つか、確かに言われてみりゃそうっすよね。たとえ筧がいないときでも、俺とミチルさんが一緒に動いてりゃ、安全度もだだ上がりってわけだ」

筧も、真顔に戻って頷いた。

「せやねん。僕も、伏野先生に話を持ちかけられたときは慌ててんけど、これがいちばん安全な態勢やと思うて。しばらくは、僕と茶の間で押し合いへし合いで寝てもらわんとやけど、堪忍《かんにん》や」

「別にお前が謝るこっちゃねえだろ。俺とミチルさんが、むざむざ事件に巻き込まれたのがいけねえの。ねっ、ミチルさん」

やっといつものペースに戻った伊月に、ミチルも笑顔でバットを持ち上げた。

「そういうこと。三人でぱぱっと事件を解決して、早いとこ、シェアハウス解消できるように頑張りましょ。でも、まずはご飯」

「そうだ、牡蠣フライ！　あ、そっか。さっき九個ずつって言ったとき、筧がビミョーな顔したの、そのせいか。……一人六個ずつ……ま、妥協できる範囲かな」

自分は何一つ手伝っていないくせに偉そうにそう言い、伊月は食器棚から箸と箸置きを出し始める。

あっと言う間にこたつの上に料理が並べられ、三人は小学生のように「いただきます！」と声を揃えて言ってから食事を始めた。

伊月は、最近お気に入りの「ヒカリ濃厚ソース」という名前のとろりとした甘い香りのソースを小皿に注ぐと、上からタルタルソースをたっぷり絞り入れ、箸でぐるぐると掻き混ぜて、綺麗なマーブル模様にした。

そこに揚げたての牡蠣フライをどっぷりとつけ、幸せそうに頬張る。

「旨《うめ》ぇ！　超旨ぇ！　牡蠣フライの天才だな、筧とミチルさん」

そんなストレートな賛辞に、筧は嬉しさ半分、困惑半分の笑顔になった。

「そら嬉しいけど、そないにソースつけてしもたら、牡蠣フライの味がわからんようになれへん？」

「ならねえよ！　旨い牡蠣、旨いソース、旨いタルタル。旨いもんのジェットストリームアタックで、くっそ旨くなるに決まってんだろ」

やけに激しく力説する伊月に気圧され、篁は曖昧に頷いた。

「そう……いうもんやろか」

そう言う篁はいかにも大阪育ちらしく、揚げ物はすべてウスターソースで食べる派である。

ミチルは間を取った……わけではないだろうが、甘いソースとウスターソースを半々で混ぜて使っている。

一応、くし切りにしたレモンも用意されているが、三人ともそれにはまったく食指が動かない。

「おもろいな。一緒に住んどっても、味の好みが全然違うから、タカちゃんがここに住むようになって、調味料ばっかし増えていくわ」

篁は面白そうにそう言った。ミチルも、ちょっと呆れ顔で同意する。

「ホントに。二人暮らしとは思えないくらい、ソースだのドレッシングだのがたくさんあるものね、この家。どうせ、伊月君が使い終わらないうちに、次のを買ってきちゃうからでしょ」

「ちょ、なんで俺が買って来たって決めつけるんですか！」

細面の輪郭が変わるほどご飯を頬張ったまま、伊月は不明瞭な口調で不満を訴える。だがミチルは、皮肉っぽい口調で即座に言い返した。

「だって、セミナー室のお茶っ葉置き場、伊月君が買ってきて、飲みさしで放ってあるやつだらけだもの。抹茶《まっちゃ》ミルクに、ティー・オーレに、カフェ・オーレに、ココアに、甜茶《てんちゃ》に、ルイボスティーに……」

「だーっ、それは、みんなも飲みたいかなって思ってですね！」

「嘘ばっかし。賞味期限が切れたのを、こないだネコちゃんがブツクサ言いながら捨ててたわよ。飲むの忘れてたでしょ」

「う、うう。ししゃも〜。ご主人様が苛められてるぞ、仇《かたき》を取れ」

さっくりやり込められ、伊月はガックリ肩を落としつつ、近くで悠々と毛繕《けづくろ》いしている猫に救いを求めた。

しかし、ホットカーペットに寝そべったししゃもは、伊月をチラと見ただけで、ひと鳴きすらせずに毛繕いを再開する。

「ししゃもも呆れてるわね」

「くう。女どうしでさっそく結託しやがって」

伊月が悔しそうな膨れっ面で烏龍茶のグラスに手を伸ばしたそのとき、こたつ布団の下から、今朝も聞いたエルガーの行進曲が聞こえてきた。

ミチルのスマートホンの呼び出し音である。

「あ、ごめんなさい」

ミチルは慌ててカーディガンのポケットを漁ると、スマートホンを取りだした。液晶に表示された電話番号を見て盛大に眉をひそめつつも、通話ボタンを押してスマートホンを耳に当てる。

「もしもし？　ああ！　どうもご無沙汰してます。というか、私、スマホの番号、教えてたかしら？　えっ？　いささか急ぎの用だから、科捜研の城崎《しろさき》さんに聞いた？　いったい何の……ええ、あると思うけど」

スマートホンを耳に押し当てたまま、ミチルは立ち上がり、洋間に入っていった。

筧と伊月は、無言で顔を見合わせる。

ほどなく戻ってきたミチルの手には、ノートパソコンが抱えられていた。

スリープにしていたのか、パソコンはすぐに立ち上がり、ミチルはメールチェックして、再び電話相手に話しかけた。

「ええ、来てた。このメールが……ん？　このＵＲＬ、何？　ようつべ？　ああ、YouTubeね？　用事ってこれ？　わかったわ、見てみる。後で、また連絡するわね」

そう言って通話を終えたミチルは、不思議そうに見まもっていた二人に向かってこう言った。

「府警本部の鑑識にいる、高倉《たかくら》さん。伊月君は会ったことあるわよね。筧君は知ってる？」

「もしかして、バナナマンですか？　会《お》うたことはないんですけど、有名人ですし、噂だけは」

「そう、バナナマン」

頷いて、ミチルは小さく笑った。

バナナマンこと高倉拳《けん》は、どうにも微妙な名前とは裏腹に、腕利きの鑑識員である。

「バナナは最強の糧食」という持論を持っていて、自分がバナナばかり食べるだけでなく、誰彼構わずバナナチップを勧めるので、バナナマンというあだ名がついている。

伊月も、一度だけ会ったことがある高倉拳のどこかサイボーグじみた容貌と身のこなしを思い出し、苦笑いする。

「ああ、あのミチルさんをセニョリータ呼ばわりする眼鏡のオッサン。忘れようがないっすね。あの人が、こんな時刻に何の用すか？」

「それがね、急ぎの用だって言うから何かと思ったら、動画を見ろって。見ろっていうか、聞けって言ってたわ」

「ああ、それでYouTube。見るんすか？」

「見たほうがいいと思うって言うから。必要なら、彼よりは私が対処したほうがいいと思うって言ってたわ。とにかく、ご飯の最中にお行儀悪くて申し訳ないけど、見てみるわね」

そう言って、ミチルは畳の上に置いたノートパソコンのモニターを覗き込み、小さなマウスを操作する。伊月と筧も、ミチルの背後から画面を見た。

動画サイト「YouTube」の、高倉からのメールに記載された指定ページを開くと、現れたのは「暗闇の即興劇」という表題のついた動画だった。

動画投稿者の名前は、「アズラエル」と書かれている。

「暗闇の即興劇……？　おまけにアズラエル？　何か、厨二《ちゅうに》くせえ雰囲気バリバリだな」

伊月は膝立ちの姿勢で、呆れ声を上げる。

だが数秒後、真っ暗なままの画面から聞こえてきた音声に、彼はその姿勢のまま数ミリ飛び上がることとなった。

「な……っ!?」

だが、驚いたのは伊月だけではない。

筧とミチルも、息を呑んで硬直している。

ノートパソコンのお粗末なスピーカーから聞こえてきたのは、人間の声だった。

しかも、男の声だ。

ガサガサという乾いた物音に混じって聞こえる男の声は、酷く上擦り、掠れている。

『こ……この場所が、暗すぎるだけだよな? 俺の目、ちゃんと見えてんだよな? そうだ、しばらく目を開けてりゃ、きっと……』

わななくようなその声は……言うまでもなく、あの夜、真っ暗闇の体育館で目を覚まして狼狽える、伊月崇のものだったのである。

「何だよ、これ! あの体育館に、俺とミチルさん以外に誰かいたってのか? 俺たちが闇の中でウロウロしてるのを……録画か録音か知らねえけど、とにかく……記録してたって、こと、だよな?」

画面の中と同じくらい狼狽しきった声を上げる伊月に、ミチルも筧も、何も言えず、ただ呆然とするばかりだった。

三章　求めよ、さらば与えられん

翌朝、午前九時半すぎ。

法医学教室の実験室には、いつもの面々……ミチル、伊月、筧、都筑と、それに加えて中村警部補とバナナマン、もとい、大阪府警察本部鑑識課の高倉拳がいた。

丸椅子《まるいす》に掛けているのはミチルだけで、残りのメンバーは彼女の背後や側面から、実験机の上に置かれたノートパソコンの画面を覗き込んでいる。

ノートパソコンは、高倉が持参した大型のものだ。

しかし、彼らが注視しているもの……モニターいっぱいに開かれたYouTubeの映像は延々と暗闇状態で、音楽もなし、聞こえるのは男女の切れ切れの会話だけである。

そう、彼らは、昨夜、高倉が発見したくだんの動画、「暗闇の即興劇」を改めて皆で視聴しているのである。

「くっそ、俺、もう死にたい」

伊月は乙女のように、両手で顔を覆った。

何しろ、暗闇の中で狼狽《うろた》える自分のありさまを、音声だけとはいえまざまざと突きつけられるのである。伊月だけでなく、普段は剛胆なミチルでさえも、羞恥《しゅうち》に歪む顔を見られたくなくて、皆に背を向けている。

昨夜、初見時には、箸を持ったまま畳の上で七転八倒した伊月だが、今は三回目なので、そこまでの狼狽《ろうばい》ぶりではない。とはいえ、ミチルと筧だけでなく、中村や都筑にあの夜の惨状を聞かれていると思うと、とても平静ではいられない。

「……役得やなあ、伊月先生」

動画がちょうど、過呼吸発作を起こした伊月をミチルが抱き締めたあたりに差し掛かり、都筑は人の悪いニヤニヤ笑いで伊月を見た。

伊月は顔を覆ったまま、右手の人差し指と中指の間だけを開いて、都筑を恨めしげに睨む。

「待ってくださいよ。役得って言われるほどのボリュームじゃなかっ……ぐはッ」

実に失礼なことを口走った伊月の腹に、ミチルの拳《こぶし》が電光石火の素早さでヒットする。

今度はみぞおちを押さえて前屈みに苦悶する伊月をサラリと無視して、ミチルは傍らに涼しい顔で立つ高倉の顔を見上げた。

「それにしたって、高倉さんが私と伊月君に何があったかを中村さんから聞いたの、今朝なんでしょう？　どうして昨夜、この動画を見て、声の主が私と伊月君だってわかったの？　だってこの動画ときたら……」

「この動画、何故かプライバシーには徹底的に配慮してあるのに……でございましょ？」

乾いた声と気取った口調でそう言い、高倉は眼鏡の奥の酷薄そうな目を細めた。

台詞《せりふ》を奪われ、ミチルは軽く口を尖らせて頷く。

「そう。勝手に録音して勝手にネットに上げてるくせに、私と伊月君が個人名を口にしたところだけ、徹底的にピー音で名前を消してある。だから、誰だかわからないはずなのに、どうして？」

するとは高倉は、後ろ前に被った紺色の帽子に手を当て、どこか得意げに痩せた胸を反らした。

「愚問ですよ、セニョリータ。伊月先生はともかく、僕があなたの声を忘れるとお思いですか？」

「私、そんなに変わった声をしているとは思わないけど」

「いやいや」

高倉は、芸術家を思わせる細長い人差し指を立て、メトロノームのように左右に振った。

「セニョリータの声は、普通に喋っているときの高低の振り幅が、他の人よりずっと大きいんです。ある意味、楽器に……ああそうそう、テルミンに似た波形ですよ。あの電子楽器よりは、ずいぶんと耳に心地よい声ではありますけどね」

いかにも鑑識員らしい説明に、ミチルは喜んでいいのか気分を害していいのかわからない中途半端な表情で、曖昧に首を傾げる。

「それはどうも。じゃあ、偶然動画を見て、私だって気付いたわけ？　いったいどうしたら、こんな動画を『偶然』、見つけることができるのか、理解に苦しむわ」

「簡単です。『即興劇』というワードで検索して、出てきた新着動画を見ていたんですよ。僕、タカラヅカが好きなだけじゃなく、演劇全般、特に即興劇が好きなんですよね。役者の頭の回転の速さ、芸術センスが露わになり、丁々発止の台詞のやり取りが楽しめる。まさに演劇の原点です。プロの即興劇は勿論、アマチュアのものもそれなりの趣と情熱、それに思わぬハプニングがあって実に興味深……」

「つまり、私たちの動画を見つけたのは、本当に、まったくの偶然だったわけね。了解しました」

さっきのお返しとばかり、今度はミチルが高倉のご機嫌なスピーチをぶった切る。高倉は指揮者のように景気よく上げた両手を、力なく下ろした。

「まあ……そういうことです。ただ、聞くだにただならぬ雰囲気ですし、まさかご本人がアップしたとも思えませんでしたから、急遽《きゅうきょ》お知らせしたわけで」

「それについては、とても助かったわ。すぐに伊月君と筧君にも確認してもらって、中村さんに連絡することができたし」

中村も、腕組みして頷いた。

「筧から電話で報告を受けて、ビビリましたわ。僕、インターネットはメールが限界なもんで、YouTube言われても、何のことかさっぱりわからんかって。動画サイトっちゅう説明も、ちんぷんかんぷんでしたしね。息子にパソコンで実物を見してもろて、ようやく何となくの理解ができた次第です」

「で、そんな中村さんから要請していただいて、僕も正式に捜査協力できる運びになりました。警察には、色々と仁義がありましてね。きちんと手順を踏まないで個人の判断で現場に首を突っ込むと、あとあと角が立ちまくるんですよ。連絡係にしてしまい、お手数をおかけしました、セニョリータ」

高倉は楽しげに一礼すると、まだミチルと伊月の声が聞こえ続けている……ちょうど伊月がミイラを蹴飛ばしたあたりの相変わらず真っ暗な画面を見やり、こう言った。

「早速ですがこの動画、終始真っ暗闇で、ただの録音なのか、あるいは音声のついた映像なのか、判断に苦しむでしょう？」

話しながら、高倉は小さな腕の動きで、ミチルに椅子を空けてくれと頼む。ミチルが席を立つと、高倉は丸椅子に掛け、動画を最後のほうに進めて停止させた。

「ですが、ご覧ください。この動画、お二方がミイラの手に持たせてあったスマホを発見し、灯《つ》りを点けたところで終了してるんです。この辺りで停止させて最後の瞬間まで上手くコマ送りすると……ほら、針の先みたいに小さな光が、画面の端っこに見えるでしょう？」

一同はぐぐっと前屈みになり、画面を覗き込む。

「ホントだ！　気がつかなかった」

伊月の言葉に、振り向かないまま高倉は頷く。

「ほんの一瞬の微かな光ですからね。無理もありませんよ。ですが、これは歴《れっき》とした映像だとわかります。撮影者が誰か現時点ではわかりませんが、とにかくその人物は、敢えて暗闇を撮影し続けたんですよ。見たところ、高感度フィルムも、赤外線レンズも使っていない」

「それって、どういうことっすか？」

伊月は、高い鼻筋にしわを寄せる。高倉は、楽しそうに即答した。

「偶然その場に居合わせて撮影した……なんてことはありえないわけですから、最初から、暗闇だとわかっていて撮影を開始したはずです。それなのに、普通のフィルムを使ったってことは、セニョリータと伊月先生の姿を捉《とら》えるつもりは最初からさらさらなかったってことですね」

「俺たちの姿を映すつもりがないなら、音声だけでいいじゃないですか」

「そのとおり。それなのに、敢えて『撮影』という手段をとったのだとしたら、犯人の強い信念、あるいは目的のようなものを感じませんか？」

都筑は、腕組みして唸った。

「むう、ようわからんなあ。その信念やら目的やらて、いったい何なんや？　君はどう思う、高倉さん」

だがそれに答えたのは高倉ではなく、伊月だった。

「俺たちが閉じこめられてたのは、特撮映画を撮影するために、撮影スタジオにリフォームされた元体育館だった。そこで敢えて撮影することにこだわったってことは、撮影者は、あそこがスタジオだってことを知ってたんじゃないですかね？　そしてそのことを、俺たちにアピールしてる……のかも」

ミチルも、珍しく真剣な顔つきの伊月を見やり、同意する。

「私も、そんな気がする。でもこれ、どこで撮影したのかしら。私たち、近くに人の気配は感じなかったし、まして、本当の暗闇の中よ。近くで撮影機材を使えば、どこかに光を放つパーツがあったはずだし、気付いたはずだわ」

「ああ、確かに。スマホの光でも、網膜を灼《や》かれるかと思いましたもんね」

伊月も同意する。そこで口を開いたのは、筧だった。

「あの、それについては、通路やと思います」

「通路？」

数人の声が重なる。筧は両手で、長方形を宙に描いてみせた。

「ほら、体育館には、いわゆる二階くらいの高さにぐるっと通路が造ってありますでしょ。あそこです。あそこにゲソ痕《こん》……あ、足跡と一緒に、小型の三脚を置いたような痕跡があったんです。ですよね、係長」

水を向けられた中村も頷いた。

「はい。現場検証のとき、うちの鑑識がガッツリ調べましてね。幸い、体育館の中には埃が溜まってたもんで、ゲソ痕はしっかり残っとりました。まだ詳細は鑑定中ですが、先生方が連れ込まれた一階部分には複数人の、二階通路には一人のゲソ痕がありました。……せやからこの画像、その通路で撮られたもんやと考えるんが妥当でしょうな」

「なるほど！　いくら静かな建物内といえども、ノイズが多いのは、お二人とそれなりに距離があったからですな。そして……」

高倉は指をパチンと鳴らし、胸ポケットからハンカチを出してノートパソコンにふわりと被せた。

「頭上の通路で、こんな風にカメラに黒い布でも被せられたら、光は漏れなかったでしょうね。つまり犯人たちは、体育館にお二方を連れ込み、カメラをかなり広い範囲が映るようにセットしてから灯りを消し、完全な暗闇を演出したと、そういうことですな。そして、少なくとも一名は、これまた少なくとも、お二方がミイラを見つけ、スマホの灯りを点けるまでは通路にいたということになります」

「わざわざ暗闇の中で、私たちが狼狽える様を撮影するために。そして撮影を終えると、撮影機材を回収して、闇に紛《まぎ》れて立ち去ったわけね」

ミチルのどこか皮肉っぽい声に、高倉は頷く。

「ええ。そしてさらにわざわざ、編集作業で個人名を完膚《かんぷ》なきまでに消し、灯りが点く瞬間で映像を切った。そしてその動画を、YouTubeに投稿したと」

都筑は、弱り切った声音と表情で、首を捻る。

「ますますわからん。何が狙いやねん。いや、それを言うたら、伏野先生と伊月先生を拉致監禁したとこから、目的不明やねんけども」

高倉は丸椅子をクルリと回し、体ごと一同のほうに向き直った。そして、人差し指をピンと立ててこう言った。

「プロファイリングは僕の専門ではありませんので、そのご質問に正式には答えられません。ですが犯人は、先生方に、ひいては我々警察に、何かを伝えよう、訴えようとしているのではありませんかね。僕には、犯人の狙いは、先生方を傷つけることではなかったように思えます」

「俺もミチルさんも、こっぴどく殴られたのに？　打ち所が悪かったら死にますよ、頭は」

伊月は不満げに主張したが、高倉は機械音がしそうな大きな笑みを作って切り返した。

「それはおそらく、昨今の刑事ドラマの悪影響ですなあ。きっと、スタンガンで易々《やすやす》と気絶させられるとでも思っていたんでしょう。しかし護身用として市販されているスタンガンの多くは、相手の身体の自由を一時的に奪うのが目的です。気絶させるまでのものは、そうありませんよ」

膨れっ面のままではあるが、意外と正直な伊月の顔には、納得の色が広がり始める。

「そっか。気絶しなかったから、焦って手持ちの硬い何かで頭を思いきり殴った？」

「たぶん、そういうことでしょう。どこから見ても、素人のやり口ですよ。プロなら拉致の際、現場に血痕を残すかもしれない手段をわざわざ選びませんからね。まあ、お二方とも、深刻なダメージにならなくてよかった。たぶん犯人は、そうマッチョなほうじゃないんでしょう」

「それに、気絶させた後、伏野先生とタカ……伊月先生を殺そうと思えば、いくらでもチャンスはあったのに、実行せえへんかったわけですしね」

筧の言葉に、ミチルも頷く。

「そうよね。あんなだだっ広い空間にわざわざ私たちを運んで、転がしておいた。しかも右腕のミイラに、私のスマホを持たせて。おまけに私たちの荷物は、体育館の外にまとめて置いてあったんでしょう？　お金も物品も、何一つ盗まれずに」

篁は深く頷く。

「はい。せやから、わざわざ伏野先生のカバンからスマホだけを出して、ミイラに持たせたわけです。それを闇の中でも、お二人のどっちかが見つけられると予想できるそこそこ近い場所に置いたっちゅうことなんやと思います」

「たぶん、ある程度のところでお二方が目を覚まして合流し、スマホとミイラを見つけて警察に連絡する……というのが、犯人側の筋書きだったんでしょうね。そして実際、お二方はそのとおりになさった。いやあ、謎めいてますね」

高倉は酷く楽しげに揉み手をする。中村は、呆れ顔で高倉を窘《たしな》めた。

「人ごとやと思うて、そない喜ばんでくださいよ、高倉さん。僕らはどうもわけがわからんで、困惑するばっかしやのに。府警本部の敏腕鑑識さんには、何ぞ思うとこがあるんでっか？」

高倉は帽子の鍔《つば》を前に戻し、眼鏡を押し上げてから答えた。

「どうですかねえ。しかし、大学構内でお二人を待ち伏せて襲った以上、法医学教室のどなたかがターゲットだったことは確かでしょう？」

「そらまあ、そうでしょうな。せやけど、伏野先生にも伊月先生にも、襲われる心当たりがないっちゅうことですから、法医学教室に妙な逆恨みをしとる奴が、たまたま暗いところを通り掛かったお二人を襲った可能性が……」

「でも、それならどうして『二人』必要だったのかって疑問が残りますなあ。単純に、拉致する手間が倍になるわけですから、そこには何か理由があるはずなんですよ」

「うう、まあ、確かに」

「それもまた、犯人のメッセージの一つかもしれませんねえ」

「メッセージて……具体的に、どういうことやっちゅうんです？」

ますます苦虫を嚙み潰したような顔つきになっていく中村とは対照的に、高倉は歌うような調子で言葉を継いだ。

「刑事さんの捜査方法とは違うかもしれませんが、僕は事件について考えるとき、キーワードと思われる言葉を挙げていくんですよ。今回の事件に関していえば……そうだなあ」

皆が半ば呆然としている中で、カリカリとボールペンを走らせる音が聞こえる。とにかく勤勉な筧が、一つでも捜査のヒントを得ようと、この場の会話を必死でメモしているのである。

高倉は、そんな箟のために、はっきりした口調でキーワードを列挙し始めた。

「若い男女、元体育館の撮影スタジオ、真っ暗闇、スマホ……つまり光を携えた右腕のミイラ、闇の中での撮影……そして『即興劇』。そんなところですかね」

「さっぱりわからん」

「僕にもですわ、先生」

都筑と中村は、投げやりともとれる明快さでお手上げ宣言をする。

高倉も、苦笑いで付け加えた。

「もっとも僕も、このキーワードの選択が正しいかどうか、さらにこれらをどう組み合わせ、何を導き出せばいいのかはさっぱりわかりませんけどね。まだまだファクターが不足しています」

「そら、まだまだ捜査は始まったばっかしで……おっ」

ふと腕時計に視線を落とした中村は、少し慌てた様子で咳払いした。

「すんません、僕はちょっと約束があるんで、行かなあきません。……例の、佐川利雄の両親との面会許可が、ようやく施設のほうから出たもんで。どこまで話が通じる相手かわかりませんけど、まあ、生前の息子のことやら人間関係やら、出来る限り掘ってきますわ。ほな、後は頼むで、筧。失礼します」

どうやらかなり約束の時間が迫っていたらしい。そう言い残すと、中村はあたふたと実験室を出て行く。

そんな彼とほぼ入れ違いに顔を覗かせたのは、秘書の住岡峯子だった。

「都筑先生、井村《いむら》検事がお越しですにゃ」

そう言われて、都筑は「もうそんな時間かいな」と小さな目をパチパチさせ、筧と高倉に声を掛けた。

「僕も悪いけど、来客や。来週の証人喚問の打ち合わせやから、長《なご》うなると思うねん。あれこれお世話をかけるけど、よろしゅう頼んます」

ペコリと頭を下げると、都筑もまた、足早にセミナー室へ向かう。

「あとこれ、伏野先生あての速達ですにゃ。さっき届いたそうです」

「ありがと、ネコちゃん」

化粧をしていてもどこか少女めいたキュートな顔立ちの峯子だが、首から下はかなりのダイナマイツボディである。

ことさらセクシーな服装などはしていないのだが、白衣の襟元からは見事な谷間がチラ見えしており、男性陣の視線が釘付けになるのはやむを得ない現象である。

本人もそうした男性の視線にはすっかり慣れっこらしく、ミチルに白い事務用の封筒を渡すと、ニコリともせずに去って行った。

封筒を無造作に白衣のポケットに突っ込み、ミチルは残された三人の顔を見回した。

「いつまでも真っ暗な動画を眺めてるわけにもいかないわね。仕事にかかりましょうか。そういえば、筧君の今日の予定は？」

上司がいなくなって少し気が楽になったのか、筧は手帳をスーツの胸ポケットにしまい、いつもの人懐《ひとなつ》っこい笑みを浮かべて答える。

「現場である元体育館の近所の人たちに、継続して聞き込みを。あと、午後に佐川利雄の専門学校時代の同級生であり、佐川が右腕を失った日、忘年会を一緒にやるはずやった友人のひとりと連絡がつきまして。その人と会う予定なんです」

それを聞いて、ミチルは「ふうん」と相づちをうち、少し考えてからこう言った。

「私は、例のミイラから抽出したＤＮＡと、佐川利雄の血液から抽出したＤＮＡを鑑定する作業があるんだけど……伊月君は、頭の怪我がとっても痛いのよね、今日は」

「へっ？　え、いや、別に……」

いきなり話を振られて、伊月は目を見張る。

「早退しちゃうほど痛いのよね？」

悪戯っぽい口調で重ねてそう言い、ミチルは片目をつぶった。

ミチルの意図にいち早く気付いた筧は思わずこめかみに片手を当て、高倉はニヤニヤする。

そんな二人の反応でようやくミチルの言わんとすることに気付いた伊月は、とても頭が痛いとは思えない元気いっぱいの声で同意した。

「そうっす！　俺、急に頭が割れるように痛くなっちまいました。ああ、こりゃ筧に送ってもらって、早退しなきゃな〜。あっ、でも俺は心が広いから、行き道に聞き込みとかその他とか、片付けてくれても許すぜ、筧」

「……せやな。そうさしてもらうわ」

筧がいかにも渋々同意するより早く、伊月は白衣を脱いで実験机に放り投げ、実験室を飛び出していく。

都筑が客人と教授室にこもっているうちに、帰り支度をして教室を抜け出すつもりなのだろう。

「ほしたら……タカちゃんを連れて行ってきます。先生は……」

「私は、さっき言ったとおり、大人しくここで仕事をしながら、夕方の筧君のお迎えを待つわ。ひとりでは動かないし、もしどうしても動かなきゃいけなくなったときは、昨夜、筧君ちにお邪魔したときみたいにタクシーを使うから、心配しないで」

「わかりました。くれぐれも、お気をつけて。何かあったら、すぐ連絡ください」

そう言って去って行く筧の背中を見送り、高倉はゴソゴソとポケットを探って、密閉できる透明の小袋を取り出した。

鑑識が証拠物件を収めておくのに常用するアイテムだが、中に入っているのは、彼にとっては唯一無二の食べ物、バナナチップである。

「少し脳を使いすぎました。糖分補給が必要です。セニョリータも如何《いかが》です？」

「私は結構よ、この身体は悔しいほど燃費がいいの。それよりこの動画、どうするつもり？　たとえば、削除依頼とか、投稿者の割り出しとか……。さっきの中村さんの口ぶりじゃ、動画に関する調査は、高倉さんに丸投げしたんでしょ？」

硬そうなバナナチップをバリバリ噛み砕きながら、高倉は頷いた。

「ご明察《めいさつ》。ただ僕もサイバー犯罪のスペシャリストじゃないので、そこは本部の専門家に知恵を借りながらの調査になりますけどね。動画の削除に関しては、中村さんとここに来る道すがら相談したんですが、当座、依頼を出さないことにしました」

「ええっ？　じゃあ、このまま、私と伊月君の醜態は、全世界に晒され続けるわけ？」

　あからさまに憤慨するミチルに、高倉はシャシャシャ、と奇妙な笑い声を立てた。

「まあそういうことになりますが、名前が出てないんですから、これがお二人だとわかる人間はいませんよ。僕みたいに耳のいい男が知り合いにいるなら別ですが」

「いないとは思うけど……じゃあ、これは、このまま放っておくの？」

「まさか。犯人に繋がる重要な手がかりです。放っておく手はありませんよ。サイバー犯罪対策推進本部のほうから、動画の投稿者についての情報を提供してくれるよう、YouTube側に協力を要請してもらいます。こういうことは、しかるべき部署を通すほうが、話が早いもので」

「それだけ？」

　ミチルは、さっきいったんポケットに押し込んだ封筒の上端をピリピリ破りながら、やや不満げに言った。

「いえいえ。先ほども言ったとおり、これは極めてメッセージ性の高い動画です。いや、動画そのものは真っ暗闇ですし、誰が聞いても、若い男女が暗闇の中で突然目覚める……というテーマの、真に迫った即興劇だと感心するだけでしょう。ですが、個人情報を消した上で、これをメジャーな動画サイトに投稿したということは……投稿者は、いつかこれがご本人の目に留まることを期待したのかもしれな……」

「えっ!?」

動画をもう一度再生し、画面を眺めながら喋っていた高倉は、ミチルの驚きの声に、むしろ彼自身が驚いた様子で振り返った。

「セニョリータ、僕はそんなに突飛な話をしていたつもりはないんですが」

「どいて」

だがミチルは高倉の肩を軽く押し、身を屈めて、もう一度パソコンの画面を覗き込んだ。それから、封筒に入っていた二つ折りの白い紙片を開き、高倉の鼻先に突きつける。

「これ」

「はい?」

面食らいながらも、高倉は紙片を受け取り、そこに書かれている文字列に目を通すなり、「ほわっ」と奇妙な声を上げた。そして彼もまた、ミチルとそっくり同じ姿勢で、画面を凝視する。

「この動画のＵＲＬですな」

「ええ」

二人が見ているのは動画そのものではなく、その上の欄に表示された、動画のアドレスだった。

同じアドレスが、紙片のど真ん中にクッキリと印刷されている。紙片には、他に何も書かれてはいなかった。

「やれやれ、セニョリータ、その封筒をすぐ机の上に置いてください。もうそれ以上、触らないで。持って帰って、差出人の指紋を探しますからね」

高倉は自分も紙片をパソコンの上に置くと、ポケットから薄いニトリル手袋を出して嵌め、ジッパー付きの透明の樹脂袋も出した。

封筒と紙片をそれぞれ袋に慎重に収め、ジッパーを閉めてから、しげしげと観察する。

「宛名《あてな》と文面は印刷、差出人の記名はなし。切手の消印は……おや、ないな。ここの郵便は、大学の事務に一括で届くんでしたっけ？」

「ええ、そうよ。郵便配達の人が、事務室に直接持って来るの。だから、ポストに直接入れたっていう、よくある手段は無理ね」

ミチルは腕組みして、さすがに難しい顔をしている。高倉は、封筒の表裏を返し、「ふむ」と呑気そうな顔で頷いた。

「だったら、偶然に消印の押し漏れがあったのかもしれませんね。人間のすることなので、仕方がない。窓口を通さず、自分で速達の判を押して、ポストに投函したんでしょう。速達が今朝、あなたの元に届くように……昨日の夕方から夜に」

「慎重なことね」

「まったく。記載はなくとも、差出人は、あなたたちを拉致し、この動画をアップした犯人であることは明白ですよ」

「ええ」

ミチルは空いた丸椅子を引いてきて、高倉の横に腰を下ろした。動画の下に書かれた概要の小さな文字を指さす。

「動画がアップロードされたのは、昨日……」

「ええ、正確には昨日の午後五時頃です。何故なら、僕は昨日非番で、暇つぶしに自宅で動画サイトを見ていて、この動画を見つけたのは午後七時頃。そのとき、『二時間前』にアップしたと表示が出ていましたから」

「なるほど。動画をアップして、それから私あてに、この動画のURLを速達で送りつけてきた。今朝、今朝、出勤してきた私が、これを見るように。……犯人もまさか、当事者じゃない、でも私の知り合いで警察に勤めてる高倉さんが、いち早くこの動画を見つけるなんて思ってもみなかったでしょうね。そこは誤算だったかしら」

ミチルが苦笑すると、高倉は痩せた頬に不似合いな深いえくぼを刻んだ。

「ささやかな誤算ですな。現時点においても、再生数はたったの二十五回。コメントはなし。そのほとんどは僕です。先生方も、何度か見たでしょう？」

「二度ほど。そこまで自虐的じゃないの」

「ははは。では、偶然見た観客は、ほんの数人ってところですね。真っ暗な画面と音の聞きづらさに幻滅して、すぐに視聴をやめたでしょう。やれやれ、とことん親切な犯人だ。プライバシーを厳守したあなたがたの動画をここに上げておきましたよと、わざわざお知らせしてくれたわけですよ」

「だけど、私たちにこれを見せるだけじゃ、意味がないわ。決まり悪い思いをさせたいだけで、こんな手の込んだことをしたわけじゃないはずだし……」

首を傾げながら、ミチルはもう一度、紙片を収めた袋を手にした。

「あれ、隅っこ、折れてる」

その言葉どおり、紙片の左下の隅が、ごく小さく折れていた。

「おや？　本当ですね。しっかり折れているので、僕かあなたがうっかり……というわけではなさそうです。最初から折ってあったんでしょう」

高倉はまだ嵌めたままだった手袋で紙片を抜き取ると、やややりにくそうにしながら、三角形に折れた部分をそっと開いた。

そこには、黒くて短い糸状のものがただ一本、挟み込まれている。

「何それ……ぁ」

ミチルは声を上げかけた口を塞ぎ、一歩後ずさると、実験机の上に置きっぱなしだったラテックスの手袋を嵌めた。

高倉も、ミチルの一連の動作を、文字どおり息を止め、動きを止めて見守っている。

片手にマイクロチューブ、もう一方の手に彼女が愛用している、本来は耳用のルーツェ型ピンセットを持って戻ってきたミチルは、細い先端でその糸状の物体をつまみ上げ、一センチ長に満たないほどのそれをマイクロチューブに収めて蓋《ふた》を閉めた。

「ふう……。飛ばしちゃったらどうしようかと思った」

こちらもどうやら呼吸を止めていたらしい。ふうっと息を吐くと、ミチルは目の高さにチューブを持ち上げ、中身をしげしげと見た。

「間違いないわね。これ、毛髪だわ。たぶん人間の」

高倉もヒョイと眼鏡を上にずらし、それが挟まっていた部分を至近距離から見て同意した。

「同意です。比較的、新しめの頭毛のように感じますね」

「しかもご親切なことに、毛根部をね。軽く糊づけしてあったから、紙片を持って振り回しても落ちなかったんだわ。あとで紙についた糊も、念のためにこそげさせて」

「どうぞどうぞ。やれやれ、キーワードが一つ増えましたね。若い男女、元体育館の撮影スタジオ、真っ暗闇、スマホを持たされた右腕のミイラ、闇の中での動画撮影……に加えて、黒髪一本」

「どういう意味かしら。これ、犯人がわざと挟み込んで寄越したのよね？」

「でしょうね。もとからこの長さだとしたら丸刈りに近い短髪ですが、むしろ折った紙のスペースに合わせて切ったように思います。犯人からセニョリータへのプレゼントといったところでしょうか」

ミチルの顔が、みるみる険しくなる。

「そんなプレゼント、全然気に入らない。っていうか、プレゼントっていうより挑発じゃない？」

高倉は愉快な気持ちを隠しもせず、両手の指を揉み合わせる。

「挑発ですか。なるほど、『ここからＤＮＡを抜いてみろ』ですかね」

「違う。今どき、こんなにしっかりした、脱色していないと思われる毛髪、しかも毛根があれば、DNA抽出は昔ほどミッション・インポッシブルじゃないわよ」

「では……」

「DNAをくれてやる、追ってこい……ってことじゃないかしらね」

「ますます素敵だ。受けて立ちますか？」

「それは勿論。まずはDNA抽出、それから個人識別。……極力シンプルな手順で、出来るだけ早くやっつけるわ」

「頼もしい。では早速、もろもろの新しい物品の写真撮影を。僕がやりますよ」

「お願い。じゃあ私は、ミイラと佐川利雄の血液のDNAの相手をささっとやってしまおう」

ミチルは実にクラシックな泳動《えいどう》装置の電源を切り、小さなゲルをスパチュラを使って平たい樹脂の容器にペラリと入れた。

そこに調製しておいた染色液を注ぎ、手に持って軽く揺らしながら、カメラの準備をしている高倉の背中に声を掛ける。

「ねえ、高倉さん。今回の事件って、いつもとなんだか違う感じがしない？」

「そうですか？」

接写用レンズを愛用のカメラに取り付けながら、高倉は振り返らずに応じた。ミチルはゆっくりと容器の中のゲルを揺らしながら頷く。

「いつもなら、事件が起こって、遺体が運び込まれてきて、司法解剖をして、捜査に役立つ所見や鑑定結果を提供する……それが私たちの仕事の流れ」

「ですね」

「でも今回は、自分が事件の当事者で、幸か不幸か生きているから死体はなし。私たちが手にできた生体組織は、今のところミイラの腕一本と……たった今ゲットした髪の毛一本だけ。おまけに、事件にまつわる何もかもが、なんだかとってもふわっとしてる」

「ふわっとしてる？　また妙に女子力の高いたとえ文句を」

「茶化さないでよ」

ミチルに怖い目で睨まれ、高倉は撮影用の黒いボードを実験机の上に置き、スケールを据えて短く詫《わ》びた。

「失敬。しかし、仰《おつしや》りたいことはわかる気がしますよ。拉致監禁からのミイラ発見、しかも監禁中の会話がネット流出、その事実を犯人みずから当事者に通知……と、事実だけを挙げれば実にきな臭い事件なのに、どうも、全体的に静かな感じがしますね」

「そう、それ」

ミチルは我が意を得たりと声のトーンを微妙に上げた。

「いつも私たちが扱う事件には、必ず強い負の感情が存在するものなの。怒り、悲しみ、侮蔑、憎しみ……。現場を見ていなくても、犯人と対面しなくても、遺体からそれは十分に感じ取れる。たとえ行きずりの快楽殺人でも、そこには歪んだ昏《くら》い魂の存在が感じられるものよ。……だけど今回は、自分が怪我までさせられてるのに、そんな気配がまったくしない」

どこか苛立った様子のミチルに、高倉は封筒と、その中に入っていた紙片を撮影してから、穏やかに言葉を返した。

「死体なき事件では、物足りませんか」

「そういうわけじゃないけど、なんだかかえって落ち着かないわ。何故、私と伊月君が襲われたのかはわからないけど、高倉さんがさっき言ってたとおり、犯人の目的は、あくまでも私たちを気絶させて、あの元体育館に連れていくことであって、それ以上の危害を加える気はなかったって感じるの。確かにとても寒かったけど、上着を奪われたわけじゃなかったし」

「そうですねえ」

「その上、あの動画でしょう？　私たちも面食らってるけど、中村さんや寛君はもっと困ってると思う。彼らがいつも取り扱う事件と違って、今回のは……どう言えばいいんだろ……ああそうだ、凄く、ゲームっぽいのよ。まるで、推理ゲームでも仕掛けられているみたい」

「あるいは、演劇的、ですね。仰りたいことはわかります。とはいえ、劇場型犯罪の犯人とも違う。注目を集めたい、脚光を浴びたいという感じはしませんからね。もしその手の犯人なら、お二人の名前を伏せたりせず、動画と事件のあらましをメディアに送りつけ、まずは晒し者にして喜んだでしょう」

高倉は慎重に封筒と紙片を袋から出し、それぞれを別々に裏表、スケールを添えて撮影する。ベテラン鑑識員だけに、その手際は清田技師長以上に鮮やかだ。

ミチルは黄色く染まったゲルを見下ろし、満足げに頷くと、やはり言葉を選びながらこう言った。

「そのとおりよ。……私たちに必要以上の危害は加えず、でも確実に事件に関わらせる。今のところ、犯人のやり口はそんな感じ」

「とても頭のいい犯人なんでしょうな。困りました」

さして困っていないような、まんざらでもなさそうな顔でニヤリと笑い、高倉はカメラを置いた。

「しかし、困ってはいられないので、やれることをやりましょう。職場に帰ったら、更なる動画の分析、それにこの封筒と便箋を精査します」

「よろしくお願いします」

殊勝《しゅしょう》にそう言って、ミチルは頭を下げる。

「ときにセニョリータ、それはまた若干、前時代的なＤＮＡ鑑定方法ですな」

そう言われて、ミチルは照れ笑いした。

「正式な鑑定資料として添付するのは、あっちの超近代的なバイオアナライザーを使って出す結果だから、心配しないで。これは、ただの練習」

「練習？」

「学生実習のときは、やっぱりＤＮＡ鑑定の理論や基本手技を学んでほしいから、こうしてゲルの作成から泳動層へのセット、サンプルのアプライ、そして泳動後のゲル染色まで、出来る限り手作業でやってもらうの」

「ほうほう、それは大事なことですね。ああ、そのときに、先生がヘタクソでは目も当てられないと」

「そういうこと。それに、近代的な機器がある環境で常に仕事が出来るとは限らないでしょう、このご時世。いざってときは、原始的な手法がいちばん強いのよ」

「仰るとおりですよ、セニョリータ。見事な結果が出ていますが、これはもしや……ええと、誰でしたっけ」

「佐川利雄。病院に保存されてた彼の血液と、件の右腕のミイラから抽出したＤＮＡをＳＴＲ法で鑑定してみたの。これは、ローカス二つ分だけだけど、綺麗に一致しているようね。ゲルでこれだけ綺麗に泳動線が出るなら、アナライザーにかければ、結果はもっと明瞭に出せるはず」

　ゲルを見ながら、高倉も頷く。

「ですね。ということは、あの右腕のミイラは、佐川利雄がこの病院で切断手術を受け、火葬目的で返却を求めた右腕だった」

「そのとおり」

「一歩前進ですね。それにしても、ずいぶん状態のいいミイラだったようだ。筋組織からの抽出でしょう？」

　ミチルは頷き、ガラスのシャーレに入った数ミリ角の組織片を高倉に示した。

「ええ、とてもいいサンプル。それに、この前買ったばかりのＤＮＡアイソレーションキットの出来もよかったみたい。半日、生食《せいしょく》でふやかしてホモジェナイズしたものを使ったら、満足な量のDNAが採れたわ。汚染《コンタミ》もないようだし」

「それは重畳《ちょうじょう》。いい分析結果は、すべての人の幸いです。頑張ってください。中村さんと、幼なじみペアのほうでも、収穫があるといいのですが。……ああそうそう、セニョリータ。先ほど仰っていたように、捜査の基本は『原点に返る』ですよ」

「原点に返る？　この事件の原点って、どこよ？」

ミチルは背筋を伸ばし、さほど身長の変わらない高倉の顔を見る。何か「いいこと」を言うときの癖なのだろう、高倉はまたもや人差し指を立て、それを左右に振って拍子を取りながらこう言った。

「それを探るんですよ。川と同じです。麓《ふもと》ではどんなに幅の広い河川でも、源流はただ一滴の石清水《いわしみず》です。この事件だって、あれやこれやと犯人が提供してくれるので惑わされがちですが、すべてのことは、ただ一点に集約されるはずなんです」

「……それが、佐川利雄ってこと？　それとも、あの体育館ってこと？」

「さあ、それはどうでしょう。それらは原点かもしれないし、支流かもしれないし、単なる道標《みちしるべ》かもしれない」

「……うー」

ミチルはタッパーを机に置いて腕組みし、アヒルのような唇をした。考えごとをしているときの癖なのだが、今どき女子の可愛いアヒル口ではなく、伊月の言葉を借りるなら「ガチのアヒル」を思わせる顔つきになっている。

そんなミチルを面白そうに見やり、高倉は帰り支度をしながら再び口を開いた。

「僕がいるうちに少し情報を整理してみましょうか。先ほども言ったことですが、犯人が、まったくの行きずり狙いで大学構内に入り込み、伊月先生と伏野先生を順番に襲ったとは、とても思えません」

ミチルは無言で頷く。左右に指が触れるのと同じテンポで、高倉の言葉は小気味よく続いた。

「さらに、先生のスマホを持たせてあったことから、佐川利雄の右腕と思われるミイラは、偶然、体育館にあったのではない。お二方とミイラを、あの場所で、しかも暗闇の中で出会わせることに、何らかの意味があったのでしょう」

「……ええ」

「ですからやはり、ここは対象を広くとって、『法医学教室に何か思うところのある人物が犯人である』、さらに、『佐川利雄に何らかの関係がある人物が犯人である』と考えるべきです」

高倉は、規則的な指の動きをピタリと止めた。ミチルは、慎重に高倉の言葉を噛みしめる。

「そのとおりだわ」

「だとすれば、この場合の『原点に返る』方法としては、やはり佐川利雄が右腕を失《な》くしたホーム転落事故から、彼の自殺前後の時期に、この法医学教室で、彼絡みの何かがあったと考えるのが妥当です。地道に記録を漁ってみるのが、意外と正解への近道かもしれませんよ」

ミチルの頭が、高倉の指と入れ違いに、ゆっくりと左右に傾げられる。

「だけど……佐川利雄は、ホームから転落して腕を失くしたときはうちの外科病棟に入院しただけだし、元体育館で自殺を遂げたときも、法医学教室に彼の死体は持ち込まれていないのよ？　彼の記録が、そもそもこの教室にはないわ」

ミチルは困惑の面持ちで反論した。だが高倉は、意味ありげな目つきで笑うと、肩を竦めてアタッシュケースを手にする。

ミチルは唇を引き結んでしばらく考え、やや躊躇いながらこう言った。

「そこですんなり諦めるなってことね。佐川利雄自身はうちの『お客さん』でなくても、その時期の司法解剖や検案、鑑定記録の中に、彼に関わるものがあるかもしれない……そういうこと？」

　高倉は小さな声で「ブラヴォー」と言い、三つだけ小さな拍手をした。

「そのとおりです。……健闘を祈りますよ。また、こちらの進捗《しんちょく》はお知らせします。では」

　高倉は重そうにアタッシュケースを提げ、恭《うやうや》しく一礼して去って行く。

「うわ……めんどくさい。伊月君と役割を交代しとけばよかったかしら。でも……うん、確かに。犯人の尻尾を掴まない限り、このゆるっと気持ち悪い感じからは逃げられないんだわ。……やるしかないか」

　実験室にひとりぽつんと残されたミチルは、自分を奮い立たせるため、小声でそう呟いた。そして、まずは佐川利雄とミイラのＤＮＡ鑑定を完璧に行うべく、教室随一の財産、バイオアナライザーを立ち上げに向かったのだった。

＊　＊

　それから二時間後、筧と伊月は元体育館近辺での聞き込みをひとまず切り上げ、適当に目についた小さなお好み焼き屋で昼食を摂っていた。

「……あ。ミチルさんからメールが来てる。正式な報告は後日するけど、とりあえずあの右腕のミイラ、佐川利雄のもんだってさ。DNAが合致したらしい」

「そっか……。ほんまに、火葬する言うて引き取った腕を、ミイラにしたんやな」

「それをやったのが、本人か他人かまではわかんねえけどな」

そう言いながらシャツの胸ポケットにスマートホンを戻し、伊月は小皿の縁に掛けてあった小型のコテを手に取った。

「何だろうな。店で食うと妙に旨いっつうか、家でやるのと何かが決定的に違うんだよな、お好み」

関東での生活が長く、すっかり言葉があちらナイズされてしまった伊月だが、やはりソウルフードは三つ子の魂百までらしく、お好み焼きが大好きである。

無論、注文は迷わず豚玉、決して箸など使わず、コテで四角くお好み焼きを切り取り、鉄板から直食いするのがお約束だ。マヨネーズなど、論外である。

伊月はどちらかというと薄べったく仕上げるのが好きなのだが、こちらはふっくら分厚く焼き上げた豚玉を大きな口で頬張りつつ、筧も小首を傾げた。

「せやなあ。やっぱし、この分厚い鉄板が特別なん違う？　家やったらホットプレートやからな。火力からして違うわ。テフロンが傷つくから、鉄板からコテでは食べられへんし、焦げ付いたら困るから、ソースは皿にとってからで、こんなふうに焦がされへんもん」

「それもそっか……。あとやっぱ、このちっこい入れ物に山盛りになってる生地《きじ》やら卵やらキャベツやら揚げ玉やらを、鉄板の上に零《こぼ》しながらガチャガチャ混ぜて焼くのが、気分出るんだよな」

「そうかもしれへん。まあ、家は家、店は店や」

「だな……ほはっ。つか、筧、時間大丈夫か？　これから会う人との待ち合わせ場所、近いのかよ？」

吹き冷ましが足りず、まだ熱いお好み焼きをはふはふ口の中で転がしながら、伊月はやや不明瞭な口調で問いかける。

こちらは落ちついて、しかし着実に伊月より速いスピードでお好み焼きを平らげながら、筧は腕時計を見て頷いた。

「まだ大丈夫、三十分ある。待ち合わせ場所、元体育館やねん。せやから、すぐそこや」

筧の言葉に、伊月は驚いてコテを持ったまま動きを止める。

「元体育館って、もしかしなくても俺たちが閉じこめられてたとこ、だよな？　つまり事件現場？」

「せやで」

「そんなとこに、部外者を入れちまっていいのかよ？」

鉄板が熱いのであまり身を乗り出せないが、それでも心持ち筧のほうに上体を倒し、伊月はヒソヒソ声で問いかける。

だが筧は、鷹揚な笑顔で頷いた。

「かめへんよ。現場検証は終わっとるし、僕が目を離さへんし。それに、体育館をスタジオにリフォームしてた頃のことも、一応聞いときたいしな。現場におったほうが、お互い、話が通じやすいやろ」

「そっか、専門学校時代の友達ってことは、元体育館にかつて出入りしてたわけだ。何て人？」

「中島大介《なかじまだいすけ》さん。佐川利雄の、映像専門学校時代の同級生やねん。佐川と同じグループで、課題の映像を一緒に制作したりしとったらしい」

「そんで、佐川がホームから転げ落ちた日、待ち合わせをしてた忘年会のメンツの一人なんだっけ」

「せや。他のメンバーの居場所がわからん中、最初に連絡がついて、会うてくれることになった人やねん」

「なるほどな。俺とミチルさんの拉致監禁の件は、言ってあるのか？」

「詳しくは何も。ただ、あの元体育館でちょっとした傷害事件が起こったから、あの場所と佐川利雄について話が聞きたいて頼んだだけや」

「そんじゃ、事情聴取じゃないんだ？」

「うん。今んとこは、そんな本格的なもんやない。いくら佐川利雄の交友関係が狭いから言うて、友達やったっていうだけで疑うたら、さすがに横暴やろ」

「そりゃそうだ。当の佐川利雄が、事件にどう関わってんのかも、まだわかんねえんだしな」

「うん。せやから今日はホンマに、生前の佐川利雄の思い出話と、元体育館の話、それに今の他のお仲間の所在やら近況やらを聞くだけや」

「そっか、了解。あ、俺、いてもいいのかな」

「今さらやん」

突然遠慮する伊月に、筧は苦笑いした。伊月は、ゴクリと冷たい水を飲み下し、やや不満げに言い返す。

「や、聞き込みのときもあんまし役に立てなかったしさ。お前の邪魔をしてんじゃねえかと思ったんだよ」

「ええねん。質問は僕がするし、よう話を聞いててくれたら、それでええ。僕が聞き逃したとこや不自然なとこ、タカちゃんのほうが勘がええから、気付けるかもしれへんし。……こんなん言うたら係長に怒られるかもしれへんけど、タカちゃんがおってくれて、心強いわ」

「そっか？　だったらいいけどよ。……つっても、聞き込みの結果は、大したことなかったな。あの日の午後九時頃、黒いバンが元体育館前に停まってるのを見たって人がひとりだけ。でも、ナンバーなんかはわからずじまい。その他、体育館に出入りする怪しい人影の目撃証言もないし」

あからさまに落胆した様子の伊月に、筧は目尻の笑いジワを深くする。

「そないガッカリしなや。聞き込みなんて、そうそうこっちの知りたいことは出てけえへんよ。この辺りは住宅街でコンビニもあれへんし、夜の人通りは少ないやろ。それに、黒のバンなんて、今どきどこでも走っとるもん。いちいち気にせえへんわ」

「そりゃまあ、そうなんだけどな。犯人だって、人目を忍んでミチルさんと俺を運び込んだんだろうし、そう簡単に目撃されちゃ困るか」

「そういうこっちゃ。別の時間帯に聞き込みに回ったら、また別の人に別の話が聞けるかもしれへんし。聞き込みは、根気が大事やねん」

サラリと聞き込みの心構えを説く筧に、伊月は感心しきりで頷いた。

「なるほどな……とと、時間があるっつっても、そろそろ食い終わらないとヤバイか。相手が早く来ちまう可能性があるもんな。なあ、でっかい一口食えよ。俺もう、腹いっぱい」

「そうか？　タカちゃん、そんなやから、いつまでたっても肉がつけへんねんで？」

そう言いながらも、筧はまだまだ胃袋に余裕があったらしく、四分の一ほども残っていたお好み焼きの半分近くをざっくりと奪った。

充実した昼食を済ませ、二人は驚くほど安い会計を済ませて店を出た。

外は三月上旬のぽかぽか陽気で、二人とも、コートは腕に掛けたままである。

住宅の屋根の向こうに部分的に見えていた元体育館までは、歩いて五分ほどしかかからなかった。

「腹ごなしの散歩にもなれへんかったな」

そう言いながら、筧は入り口の観音開《かんのんびら》きの扉の前でポケットを探った。

扉の取っ手には、鎖《くさり》がグルグル巻きにされ、頑丈《がんじょう》そうな南京錠《なんきんじょう》が取り付けられている。

あの夜、ミチルと伊月を救出するために、警察が扉の鍵を破壊したため、警察が防犯目的で取り付けたものだ。

鍵を外し、鎖を解いて、筧は扉を開けた。内部の冷たく埃臭い空気が、鼻を掠《かす》める。

伊月がここに来るのは、一昨日の深夜にここから助け出されて以来である。昼間に来るのは、初めてのことだ。

「うわッ……や、やっぱり、昼に来ても中は真っ暗かよ」

開け放たれた内扉の前で、伊月は恐怖で棒立ちになった。

無理もない、目の前には、あの夜に嫌というほど味わった漆黒の闇が再び広がっていたのである。

ただし今回は、背後の開けっ放しの外扉から明るい日光が差し込むので、視覚を完全に奪われることはなかったのだが。

「大丈夫やで、電気は通してもろてるから」

筧は励ますように伊月の背中をポンと叩くと、壁際のスイッチをパチパチと入れた。広い館内に次々と明かりが灯り、パッと明るくなる。

「おっ、点いた点いた！」

途端に元気を取り戻した伊月は、元気よく館内に足を踏み入れた。

「はあ、ガワは体育館のままだけど、中に入ると、確かにこりゃスタジオだな」

あの夜、自分とミチルが放り込まれただだっ広い空間をぐるりと見回し、伊月はポカンと口を開いたまま立ち尽くした。

なるほど、本来は板張りだったであろう床にはクッションクロスが敷き詰められ、窓は内側から板を打ち付けて完全に殺されている。

高い天井には照明が並び、二階通路部分にレールを何本も渡して、小型のクレーンや、可動式の金具が取り付けられていた。

「これやったら、中に灯りを点けても、外には漏れへん。逆に、灯りを消したら、タカちゃんらが経験した、ほんまもんの闇や」

筧の言葉に、伊月は深く頷いた。

「ふーむ。けど、まだリフォームは完了してなかったみたいじゃねえか？　レールが何本か手すりに積み上がってる」

「せやな。プロの手を借りずに、佐川利雄がこつこつ自分でやっとったらしいから、未完成のまま死んでしもたんやろな」

「なんだかな……。あー、あーあーあー！　うん、あの夜も思ったけど、声、あんまし響かないな」

「うん。鑑識さんの言うことによると、壁面に防音材が三重くらいに打ち付けてあるんやて。撮影スタジオやから、外の光や音が入らんように、中の音が響きすぎへんようにしてあるんやね」

「さすがだな。これじゃどんだけここで騒いでも、外には聞こえなかったってわけだ」

伊月が感心しきりであちこちキョロキョロと視線を彷徨わせていると、不意に背後から、遠慮がちな男の声がした。

「お待たせしました。あの……」

「!?」

驚いて振り返った二人の前には、痩せぎすで中背の若い男が立っていた。

黒のニットキャップ、黒のタートルネック、ブラックジーンズ、そして黒の薄手のダウンジャケット、黒の手にピッタリした手袋。

全身黒ずくめだが、犯罪者めいて見えないのは、衣服に清潔感があり、どちらかといえば華奢で、温和そうな顔立ちをしていたからだろう。

キャップから出た髪はさっぱりと短く、ヒゲも綺麗に剃り上げている。掛けている眼鏡も、黒いセルフレームのお洒落なデザインのものだ。

戸惑いがちな表情と足取りで、男性はゆっくりと二人に近づいて来た。

「ええと……筧さんというのは」

筧は、慌てて男性のほうに一歩進み出る。

「あ、僕です。もしかして、中島さんですか」

男性……中島が頷いたので、筧は紐付きの警察手帳を取り出して証票を提示し、自己紹介した。

「T署の筧です。こちらは、同僚の伊月です。今日は、僕ら二人で話を聞かせていただきます」

敢えて伊月の身分を明かすことはせず、筧は同僚と伊月を紹介した。

(まあ、一緒に仕事することも多いし、広い意味では同僚みたいなもんだよな)

そんなふうに思いながら、伊月は無言でうっそりと頭を下げる。もう後頭部の傷は小さなガーゼを当てているだけで、上から髪で覆い隠しているので、相手には怪我人、まして事件の当事者だと悟られることはないだろう。

ただし、スーツ姿の筧と違って、急に彼に同行することになった伊月は、ウォッシユタイプのワークシャツにベスト、黒のストレッチジーンズという実にラフな服装である。

「刑事さんも、色々なんですね。ドラマみたいだ」

伊月を見て感心したようにそう言い、中島は筧に向き直った。どうやら、筧のほうが上司だと判断したらしい。

「その……ここで傷害事件があったとか、いったいどういう……」

中島は戸惑い顔で、しかしどこか懐かしそうに、スタジオの中を見回した。

筧は、簡潔に必要最低限の答えを返す。

「事件の詳細はお話しできませんけど、幸い、死人は出てません。大きな事件ではないんです」

「ああ……それはよかった、って言っていいのかな」

「はい。まあしかし、場所が特殊ですんで、この場所に詳しい方を……ということで、亡くなった佐川利雄さんのお友達にお話を聞かせていただこうと」

「なるほど」

中島が納得した様子なので、筧は基本的なところから質問を始めた。

「それで、まずはご本人のことをお伺いしたいんですが。中島大介さん、現在ええと、お歳は……」

「二十八です」

「ですよね。四年前、佐川さんがホームから転落事故を起こしたときの調書によれば、中島さんのお仕事は、東京のテレビ局にお勤めで、あの事故のときは年末年始のお休みで、里帰りを……」

「里帰りは合ってますが、テレビ局ではなく、番組制作会社です。テレビに限らず、色んな番組を実際に制作し、納品する会社です。テレビ局は、それを放送する会社なので」

中島はすらすらと訂正する。おそらく、部外者にその二つを混同されるのが、日常茶飯事《さはんじ》なのだろう。

覚は、「すいません、訂正しときます」と謝りつつ、胸ポケットから手帳を出して、メモを取り始めた。

おそらく相手を萎縮《いしゅく》させないよう、自然に手帳を取り出すタイミングを窺っていたのだろう。

伊月は感心しつつ、さっきの取り決めを守り、二人の会話に耳を傾ける。

「専門学校での僕の専攻は特殊メイクだったので、特撮に強い制作会社に就職したんです。会社ではもっぱら、特撮番組の仕事をしてます」

自分の仕事内容を簡単に説明した中島に、寛は怪訝そうに首を傾げた。

「せやけど、こうしてすぐに来てくださったってことは、今は大阪でお仕事してはるんですよね？　転職しはったんですか？」

「ああ、いえ。会社は東京で、住所も東京です。今は、大阪で制作してるドラマの仕事で、一年の予定でこっちに戻ってましてん。半年前から、ウイークリーマンション借りて、住んでます」

「ほんなら、ご家族は……」

「まだ独身なんで、身軽なんですよ。こっちでの仕事は……ええと、ご存じですかね、『ホネドクトル』って、ローカル局の。あれの特殊メイクを担当してるんです」

「ホネ……ドクトル？」

寛は首を捻ったが、それまで黙っていた伊月が、突然歓声を上げた。

「あっ、それ、知ってる、俺！　深夜にやってるすっげえコアな特撮番組ですよね。医者三人がヒーローに変身して、日本に病をばらまこうとする悪の結社と戦うやつ！」

伊月の言葉に、中島のどちらかといえば覇気のない顔が、ぱっと紅潮する。

「そうですそうです！　ご存じでした？」

「知ってますよ！　『三人揃って、ヴァーテブラ、サクラム、クラビクル！』えっ、何、お前知らないっけ、筧？」

　突然、声のトーンを跳ね上げた二人をよそに、筧は狼狽えて首を横に振る。

「し、知らんよ。僕、あんまし深夜番組とか見いひんし……そ、その、何、そのややこしい名前。デブ……何？」

　すると伊月は、胸を張って説明した。

「ややこしくねえよ。椎骨《ついこつ》、仙骨《せんこつ》、鎖骨《さこつ》を英語で言っただけだし！　それぞれの骨が、ヒーロースーツの柄のモチーフになってんだよ。サクラムなんて、ヘルメットが骨盤型で、胸に仙骨の穴ぼこ模様がばばーんと描かれてて、馬鹿に格好《かっこう》いいんだよ！」

「そ……そうなん？」

　まさにどん引き状態の筧をよそに、中島と伊月は手を取り合わんばかりに盛り上がっている。

「うわあ、嬉しいな。あれ、ビミョーな時間帯だし十五分番組だし、大人向けだけど内容は馬鹿馬鹿しいし、なかなか見てくれてる人がいないんですよ、周りに。コアなファンは多いんですけどねえ」

「ええ？　俺の周り、みんな見てますよ。敵組織の名前が『フラクチャー』ってのが、またいかしてますよね」

「そうそう、ホネドクトルに対して、悪の組織の名前が『骨折』ですからねえ。ホネとしては、折られちゃたまったもんじゃないですよね」

「マジ、ヤバイっすよ。こないだクラビクルがやられて、でっけえギプスを胴体に嵌めて出てきたときなんか、もう、爆笑で」

「ああ、それ、僕のアイデアなんですよ！」

「ちょ、ちょっとちょっと！　ちょお、待ってください。その話は置いといて、頼んますから、本題に戻ってください！」

このまま喋らせると、伊月が医師であることが早晩ばれてしまいそうなので、筧は慌てて二人の間に割って入った。

「あ……ゴメン」

「す、すいません、仕事のことになると、つい。やあ……ここ、佐川が自殺した場所だって聞いてたんで、来るの凄く躊躇ったんですけど、来てよかった。初めて、僕の仕事を直接褒めてもらえて」

そう言って、中島は照れ臭そうに笑った。まだ頬には赤みが差し、眼鏡の奥の細い目がキラキラしている。

(やっぱし、タカちゃんに来てもろてよかったわ)

筧は心の中で、伊月に深く感謝した。脱線を制止したものの、ほどよく場の空気が暖まったおかげで、中島から話を聞きやすい雰囲気になったことはありがたい。

さらに伊月は、さりげなく鋭い質問を口にした。

「あれ、今、『佐川が自殺した場所だって聞いてた』って……。普通、仲のいい友達が死んだら、現場に来て、花とか供《そな》えるんじゃ……」

すると中島の顔から、拭ったように笑みが消えた。彼はつらそうに唇を噛み、ボソボソと言い返した。

「そうしたかったですよ。でも、出来ませんでした。佐川が死んでから、僕がここに来たのは初めてです」

「それは、なんでです？」

筧の質問にすぐには答えず、中島はしばらく沈黙していた。やがて彼は口を開いたが、出てきたのは質問の答えからは外れたことだった。

「四年前の佐川の事故のとき、僕と一緒に事情を聞かれた二人の仲間のこと、刑事さんはご存じですか？」

筧は手帳を繰り、頷く。

「鈴木諒《すずきりよう》さんと、岩城尚人《いわきなおと》さんですね。三人はあの夜、忘年会会場の居酒屋で、待てど暮らせど来ない佐川さんを待っていた……」

「そうです。その三人が、専門学校で同じグループでした。佐川がこの場所を提供してくれて、みんなでバイトして少しずつお金を貯めて、中古の資材を安く譲ってもらって、ここをスタジオにリフォームして……課題の短編映画を、ここで何本も撮りました。でも、卒業して、映像関係の仕事についたのは、僕だけだったんです」

筧は、手帳を見ながら頷いた。

「それも、把握しとります。四年前の事故の時点では、佐川さんは、いつか特撮映画の監督デビューを目指して、自主映画を撮るためにバイト生活、鈴木さんと岩城さんは、それぞれ営業職と事務職で会社務めをなさってましたね。鈴木さんと岩城さんは、その後職も住居も変わられたみたいで、今まだ連絡がつけへんのですけど」

中島は、クッションクロスの弾力を確かめるように、その辺りをゆっくり歩きながら話を続けた。

「はい。だから卒業後は、僕らは在学中のように親しく付き合っていたわけじゃありみませんでした。特に鈴木と岩城は、それこそ大阪に戻ってきたときに僕が誘えば、飲み会に参加するくらいで……その、四年前の忘年会のときみたいに」

「ほな、中島さんはどうです？」

「僕は特撮の仕事をしていましたから、直接会えなくても、メールやメッセンジャーで、佐川との繋がりはずっとありました。あいつ、専門学校に来るまで、何年も引きこもりだったらしくて、その間に親御さんに特撮のビデオとか、フィギュアとか、書籍とか、グッズとか、山ほど買ってもらってたんです。だから仕事で必要になったものを、あいつから借りたこともありました。けど……」

「けど？」

篁はメモを取りつつ、チラチラと中島の行動や表情を窺う。

中島は、目を伏せて気まずそうに顔を歪め、さっきのはしゃぎっぷりが嘘のように沈んだ声で告白した。

「あの事故の少し前、僕は電話で佐川とケンカになりました。あいつが、自分を僕の会社に売り込んでくれと言いだして。僕だってまだまだペーペーでしたから、無理だと断ったら、佐川が怒り出して……。だから忘年会は、仲直りの場として、僕が提案したんです。心細いから、鈴木と岩城にも取りなしてもらうつもりでした。……佐川、いい奴ですけど、いっぺん怒るとちょっとしつこかったんで」

筧は、太い眉根を軽く寄せる。

「それ、事故後の事情聴取では、話してはりませんね？」

中島はピタリと足を止め、筧の面長の顔を斜めに見る。

「当時は、怖くて言えなかったですよ。もしかしたら、そのケンカが原因で、あいつがホームから電車に飛び込んだんじゃないか、とか思っちゃって。佐川が、警察にそうだって言ったらどうしようって、オドオドして正月を迎えました。最悪だったな」

「せやけど、佐川さんは単なる事故やと主張しはったようですね。当初は、『突き落とされた』とも言うてはったようですが、それは錯乱状態で口走っただけやと」

「ええ。あいつが事故だったって言うんならそうなんだろうって、安心しました。けど、仲直りのチャンスはそれきり見つけられなくて……」

「結局、絶交ですか？」

筧が敢えて強い言葉を使って問いかけると、中島は痛そうな顔で、しかし曖昧な首の振り方をした。

「絶交したわけじゃないです。フェードアウト、って言ったほうが」

「フェードアウト？」

「佐川とは気まずいままだったし、あいつにどう対すればいいかわからなかった。だって、仲直りを持ちかけたら、いかにも片腕を失くしたあいつに同情してるみたいでしょう？　だから、付き合いは途絶えたままでした」

「あ、そりゃ確かにそうだな……とと、悪ぃ」

思わず中島に同意してしまい、筧にジロリと睨まれて、伊月は肩を竦める。

中島は、淡々と話し続けた。

「それに秋から僕は、会社から提携先のアメリカの映画会社に一年間、派遣されてたんです。あっちで特殊メイクの勉強をさせてもらってました。佐川が死んだのは、僕の留学中で……。鈴木から連絡をもらいましたけど、僕は忙しくて、帰れませんでした」

「ほな、帰国してからも……？」

「帰国してから、佐川が住んでた実家を訪ねたんですが、もうご両親はよそへ移っておられたので、ここにはとうとう来られずじまいでした。仲間たちに場所を聞いて、墓参りはしましたけどね」

「……そうですか。ほな、事故翌年の佐川さんの自殺の原因に心当たりがあったりは……」

「ないですね。警察のほうで、それは調べたんじゃないんですか？」

中島は、やけに切り口上で問い返した。語調の強さに、伊月は神経を引っかかれるような違和感を覚え、切れ長の目を細める。

筧は、やはり手帳に視線を落としたまま、中島の顔を敢えて見ないで答えた。観察は伊月に任せておいたほうが、中島を追い詰めずに済むと考えたのだ。

「僕はそのときまだここの署におらんかったんですけど、記録によれば実家の自室の机の上に、両親あてに別れを告げる遺書があったそうです。状況的に不審な点がなかったんで、自殺と断定されました。せやけど、原因は結局わからずじまいやったようです」

「……そうですか」

中島はぽつりと言って、口を噤んだ。筧は、微妙に話題を変える。

「学生時代、中島さんやお仲間たちはこの場所に出入りなさってたようですが、そのとき、合鍵は？」

中島はジャケットのポケットに両手を突っ込み、かぶりを振った。

「学生時代は、僕が合鍵を預かってましたけど、卒業したときに返しましたよ。他の奴らは、持ってませんでした」

「そうですか。あと、その、ご存じの範囲でええんですけど、生前の佐川さんの、他の交友関係は」

「さあ。知りません。少なくとも学生時代は、僕らだけでした。あいつ、人見知りが酷いし、ちょっと言い回しが……厨二、とか流行りの言葉で言えばいいのかな、ちょっと独特だったし、友達は出来にくいほうだったと思いますけど」

「恋愛関係は……」

「それこそ、さあ。僕らを……少なくとも僕と佐川を繋いでいたのは、特撮だけだったんで。僕ら、お互いのプライベートはあんまり話さなかったんです」

「……そう、ですか。……あの、変なことを訊きますけど、ミイラ……」

筧が、さりげなく佐川利雄の右腕のミイラのことを訊ねようとしたとき、耳障りな電子音が響いた。

ピピッ、ピピッ！

「ああ、すみません」

うるさく鳴り始めた腕時計を黙らせ、中島は筧に向き直った。

「そろそろ仕事に戻らないと。あの、ミイラが……何か？」

不思議そうな顔をされ、筧は中島が右腕のミイラのことは知らないと推測し、話を打ち切った。

「いえ、何でも。申し訳ありませんが、追加のお話を伺う必要が生じることがありますんで、最後にご連絡先を教えていただいてもよろしいでしょうか」

「構いませんが、次はメールにしていただけると助かります。何しろ、スケジュールがあってないような仕事なもんで、こんなふうにまとまった時間が空けられることは滅多にないんです。……これ、今の僕の連絡先です。どうぞ」

「わかりました、そうします。今日はわざわざご足労いただき、お時間を割いていただいて、ありがとうございました」

筧は手帳をポケットにしまい込み、中島が差し出した名刺を受け取ると、深々と頭を下げた。伊月も、慌ててそれに倣《なら》う。

「いえ……あの」

礼を返して立ち去りかけた中島は、ふと足を止め、振り返って筧に問いかけた。

「佐川は、ここで首を吊ったって鈴木に聞きましたが、具体的には……どこで？」

筧は、広い館内の中央あたり、レールからつり下がった大きな金属製のフックを指さした。

「あのフックを下ろして、そこにロープをかけて……と記録されてます」

それを聞いて、同じくフックを見上げた中島の目元が、ピクンと小さく痙攣《けいれん》した。

「あのフックは……いつか、ヒーローをぶら下げようって言ってたところだったのに」

「ヒーロー、ですか？」

寛の問いに、中島は瞬《まばた》きで頷いた。

「僕も佐川も、昔の特撮が大好きだったんですよ。ウルトラマンとか、仮面ライダーとか。あんなテイストの特撮番組をいつか作りたい、そのときには、ヒーローのでっかい人形を作って、あのフックにぶら下げて、存分に空を飛ばせてやろうぜって……そう言って、苦労して取り付けたものでした。そんな場所で首を吊るなんて……」

語尾を震わせ、中島は唇を噛みしめる。だが、涙の有無を寛や伊月が確かめるその前に、彼は死者に遅すぎた挨拶をするように、深く頭を下げた。

そして今度こそ踵《きびす》を返した中島の痩せた背中を、寛と伊月はただ無言で見送った……。

間奏　飯食う人々　その三

　その夜、筧と伊月、それに大学で待っていたミチルの三人は、揃って筧宅に帰宅した。

　筧はすぐに風呂に湯を張り始め、上着も脱がないまま冷蔵庫を開けて、ミチルに声を掛けた。

「うちの風呂は小さいんで、あっちゅう間に溜まりますし、最初に入ってください」

　ミチルはコートを脱ぎながら、一応は遠慮してみせる。

「でも、今から夕飯作るんでしょう？　手伝うわよ」

　だが、筧は笑ってかぶりを振った。

「いえ、今日は冷凍のご飯をチンして、ちゃちゃっと炒飯《チャーハン》でも作りますし、ひとりで大丈夫ですよ。タカちゃんはアレなんで、しばらく風呂どころやないですし」

　アレという言葉の意味は、後ろを振り返ればすぐにわかる。

伊月はコートを着たまま、片腕でししゃもを抱き、もう一方の手で既に猫トイレの掃除を始めていた。どうやらそうやって綺麗好きな「愛娘」の要求に迅速《じんそく》に応えるのが、彼の甲斐性であるらしい。

「なるほど」

納得したミチルは部屋に行き、ほどなく新しい部屋着を抱えて出てきた。だが、いったん脱衣所に入ったものの、何故かスタスタと手ぶらで出てきて、いきなりこう言った。

「筧君、脱衣所の体重計、壊れてないわよね？」

冷蔵庫の扉を閉め、筧はキョトンとした顔で頷く。

「はあ、先月、買い換えたばっかしなんで」

「じゃあ……太った……。たった一日で太った。やっぱり、男所帯のご飯ってヤバイわ。気をつけないと」

呆然とした顔でそう呟いたミチルは深い溜め息をついてこう続けた。

「見られて減るもんじゃなしとは、覗きを企てた奴がよく弁解に使うフレーズだけど……ホントに減るならいくらでも見せるのにね。じゃ、お先」

今度こそバタンと脱衣所の扉が閉まり、伊月と筧は思わず顔を見合わせた。

「何だ、ありゃ。覗かれたいのか覗かれたくないのか、どっちなんだよ。いや、どっちにしたって、俺は覗かないけど」

まだししゃもを抱いたまま困惑顔の伊月に、篔はエプロンを着けながら苦笑いで首を傾げた。

「僕も警察官やから絶対覗きなんかせえへんけど……ちゅうか、伏野先生、別に減らさなあかん贅肉《ぜいにく》なんかないように見えるのになあ。女の人の考えることは、僕にはようわからんわ」

「俺にもわかんねえ。そういや、ししゃもも女だったな。確かに、たまに要求がよくわかんないわ、お前も。あと、お前が丸々してるのは、毛のせいだもんな、中身はちっこいもんな。ダイエットなんか必要ないよなあ」

……あーん。

甘えるように一声鳴いて、ししゃもは長いフサフサの尻尾で伊月の腹を打ち、四本の短い脚を突っ張った。下ろせの合図である。

「はいはい、わかりましたよ、姫」

身を屈め、ししゃもを畳の上に下ろしてやってから、伊月は調理台の前に立つ篔に歩み寄った。

「何か手伝うか？」

「ほんなら、タマネギの皮剝《む》いてもろてええ？」

「おう」

伊月は、ステンレスのシンクの中に置かれたタマネギを取り、無造作に茶色い皮を剝き始めた。

筧は、生野菜といえば定番のキャベツの千切りを作りながら、しみじみと言った。

「僕、考えてみたら、女の人と一緒に暮らすんて初めてやな。いや、そういう意味やないけど、でもまあ、そういうことやし」

「へえ」

バリバリとタマネギの皮をむしりながら、伊月はちょっと面白そうに相づちを打つ。筧はトントンと小気味いい音を立ててキャベツを刻みつつ、探るように伊月に問いかける。

「タカちゃんは……そっか、あっちでは実家やし、こっちではおじさんの家におったんやったっけ」

「そ。だから、同棲とかはチャンスなかったな。彼女の下宿に行くとか、親がいないときに実家に連れ込むとかは、まあ、それなりやったけど」

「うわ、さすがやな」

素直に感心する篤に、伊月は胡散《うさん》臭そうな顰めっ面を向ける。

「何だよ、お前だってそのくらいはあるだろ」

「あれへんよ!」

篤は端整な顔を赤らめ、ムキになって否定する。伊月は面白そうに、親友をからかった。

「マジで? お前、昔から刑事志望だったからって、そこまで品行方正じゃなくていいだろ。つか、彼女の一人や二人、これまでにいなかったわけじゃないだろ?」

「まあ……おるっちゃおったけど。ひとりとか、ふたりとか」

「どっちだよ。まあいいや、じゃあ、そんなときはアレか、ラブホ活用?」

そんなあからさまな言葉を使われ、篤はますます赤くなった。

「そんなとこ、刑事の仕事以外で行ったことあれへんて」

伊月はますます面白そうに、自分の貧相な肩を篤のガッチリした肩に軽くぶつけた。

「なんだよぉ、じゃあ、まさか、まだ童て……」

「ええから! そういう話はええから! タマネギ、はよ!」

筧は火を噴きそうな顔のまま、伊月の話を遮り、千切りキャベツを大きな両手で掬《すく》い、ボウルに入れた。

あまりからかって純朴な筧を怒らせるのは本意ではないので、伊月は大人しく引き下がり、綺麗に皮を剝いたタマネギを手渡す。

今度はタマネギを薄切りにしつつ、筧は照れ隠しのぶっきらぼうな口調で言った。

「次、人参の皮剝いて。いちばんちっこい奴でええわ。ピーラー、そこの抽斗《ひきだし》に入っとるから」

「へいへい」

伊月も従順に次の作業にかかる。

しばらく二人は沈黙し、室内にはししゃもが段ボール製の爪研《つめと》ぎをバリバリする音と、ピーラーが人参の皮を剝く微かな音、それに筧の包丁の音だけが響いていた。

しかし、ようやく顔色が元に戻った頃、筧はぽつりとこう言った。

「佐川利雄には、彼女、おらんかったんかな」

伊月は、千切りキャベツを冷水で洗ってパリッとさせつつ、首を傾げる。

「どうだろな。写真では死ぬほど不細工じゃなかったけど、身長体重を見た限りでは、ちょい低め、ちょいぽっちゃり？」

「うん、まあ」

「モテモテには見えなかったけど、ぽっちゃり好きの女もいるっていうから、どうだろな。何、彼女がいたら、自殺なんかしなかったかもって話か？」

筧は少し困った顔で、伊月が皮を剝いた人参を見事な手つきで千切りにし始める。

「誰か、止めてくれる人はおらんかったんかなって。何で自殺したんかは知らんけど、片腕を失くしたことも原因やったんかなって。それやったら、傍で支えてくれる人がおったらよかったんかな、とか。つい、考えてしまうねん」

「どうだろな。世の中には、彼女に振られて自殺する……なんて奴もいるわけで」

「それもそうやな。人は、色んな理由で自殺しとうなるもんや、ほんでホンマにしてしまうんやって、刑事やっとると骨身に染みるねん」

筧はしみじみした口調で言った。手持ちぶさたになった伊月は、シンクの縁にもたれ、緩く腕組みして筧の話に同調する。

「俺も、監察医務室に行くようになって、それは思うようになったな。週イチの通いでも、自殺の遺体はもうたくさん視た。恋人に捨てられた、大学に落ちた、失業した、病気になった、虐《いじ》めを受けた……自殺の理由なんて、マジで色々だ」

「うん」

「他人から見りゃ、えっ、そんなことでって思うような理由でも、その人にとっては、死ぬほどきついことだったんだろ。佐川利雄にも、そんな『何か』があったはずだ。それは、彼女がいたくらいじゃ回避できないものだったかもしれねえよ」

「せやなあ。ホンマ、人は、生きるも死ぬもそれぞれや」

喋りながらでも、筧の手は少しも休まない。人参半分を千切りにしてしまうと、次は白ネギを粗みじんに刻み始めた。

なーん。

毛繕《けづくろ》いを終えたししゃもが、甘ったるい声で鳴きながら、伊月の長い脚にまとわりつき、頰を擦りつけて遊び始める。

そんな光景をチラと見て、筧は低く笑った。

「僕は自殺を考えたことはあれへんけど、僕にとっては、タカちゃんとししゃもが何よりの癒《いや》しやで？」

「あ？　何だよ、いきなり。ししゃもはともかく、俺は癒しキャラじゃねえだろ」

唐突な筧の言葉に、伊月は引き気味の笑いを浮かべて受け流そうとする。

だが筧は、大真面目に主張した。

「そんなことあれへんよ。何でも話せて、お互いの仕事のこともようわかる幼なじみなんて、そうそう持てるもんやない。そんなタカちゃんと、可愛いししゃもが一緒に暮らしてくれて、僕は幸せもんや」

「何言っちゃってんの、お前。気持ち悪い。んなこと言ってないで、とっとと結婚しろよ。いい子見つけてさ」

持ち上げられて照れ笑いしながら、伊月は身を屈め、すり寄ってきたししゃもの頭を包み込むように撫《な》でた。

なー。

ししゃもは軽く伸び上がって伊月の手のひらに頭を押しつけ、ゴロゴロと喉を鳴らす。昼間、ひとりぼっちで留守番しているので、クールな猫といえども、やはり少しは寂しいのだろう。

しかし筧は、おっとりした笑顔とは裏腹に、きっぱりと言った。

「あかんよ。僕、結婚はせえへんつもりや」

「へ？　なんでまた？」

「こんな稼業やからな」

「あー、刑事はどこで恨みを買うかわかんないから、家族にとばっちりが行くのが嫌だってか？」

「それ以前の問題や」

「っていうと？」

「刑事になってしもた以上、優先順位のいっとう上は、どんなときでも仕事やからな。家族にどんな問題が起こっとっても、事件が起きたら飛んでいかなアカン。楽しい遊びの計画立てとっても、嫁さんや子供らと約束しとっても、帳場が立ったらそれで全部パーや。そういう男は、家庭持ったらアカン」

「……まあ、そりゃ確かに。けど、刑事だって妻子持ちはたくさんいるだろ？」

「他の人がどう思うかは知らんけど、僕は嫌や」

珍しくきっぱりした口調でそう言い、筧はようやく白ネギを刻み終え、伊月を見た。

「僕は……家庭を持つんやったら、仕事と同じだけ、奥さんや子供を大事にしたい。それができへんのやったら、はなからそういう人を持ちとうないねん」

伊月は、しばらく返答に窮して口をへの字に曲げていたが、やがて少し拗《す》ねた調子で言った。

「言いたいことはわかるけどよ。それ、俺とししゃもだったら粗末にしていいってことか？」

「そうやないよ」

伊月の膨れっ面に、筧は困り顔で笑った。

「そんじゃ、どういうことだよ」

「どういうことって訊かれたら、説明が難しいねんけど……タカちゃんは、昔から僕を頼ってくれるけど、それでも肝心なとこは自分で決めて、自分で踏ん張るやろ」

伊月は、また不服そうな顔つきのままで同意する。

「そりゃそうだ。こう見えて、俺だって男だからな。意地ってやつがある。それに、お前とはこっちで再会するまでずーっと離ればなれで、その間、俺はちゃんとひとりでやってたんだし！」

変なことで胸を張る伊月に、筧は笑いを嚙み殺して頷いた。

「うんうん。せやから、身を挺《てい》して守る必要はないやん。どっちか言うたら、並んで歩いていける感じやな。ほんで、ししゃものことは、万が一、僕に何かあったとしても、タカちゃんがちゃんと守ってくれるやろ？」

「……お前、それ、ずるい」

「堪忍」

「つか、万が一なんてことは、ねえよ」

伊月はやけに強い口調で断言した。筧は、笑って「そうやろか」と、わざと軽く応じる。

「ねえって！　別に俺は、お前に守ってもらわなくて全然平気だけど！　それでも、お前がいないのは嫌だしな」

「せやけど、タカちゃんこそ、いつまでも一人ではおらんやろ。かっこええし、頭もええし」

「そりゃ、俺はいつかとびきりいい女と結婚する予定だけど、それとこれとは全然別だから。お前のこともしもしゃものことも見捨てたりは絶対にしねえから、そこは安心しろ！」

「……おおきに」

なんだかよくわからない親友の宣言に、筧は面白そうに、しかし確かに嬉しそうに頷いたのだった。

「おうちの味だけど、微《かす》かにお店の味がする、このチャーハン。それに、ちょっと甘めの味付けが美味しい」

風呂から上がってまだ半乾きの髪のまま、ミチルはチャーハンを頬張ってそう言った。

　こたつの天板に所狭しと並んでいるのは、筧が手早く作った焼き豚チャーハン、山盛りのキャベツ千切りにプチトマト、それにかき玉汁である。

　さっき、太ったと嘆いていたわりに、ミチルは筧の心づくしの料理を美味しそうに平らげていく。

「ああ、そら、炒めるときにウェイパーを入れるからちゃいますかね。あと、甘いんは焼き豚のタレを最後に混ぜるんです。焦《こ》がし醤油の代わりに」

　大阪人がやたら愛用する中華調味料の名前を口にして、筧は惜しげもなくチャーハン作りのコツを開陳した。

「なるほど！　今度、やってみよう。……ああそうだ、帰り道にしてた話の続き。今朝、新しく仕入れた謎の髪の毛、ＤＮＡは無事に抽出できたと思うわ。帰り際にＰＣＲにかけてきたから、明日の朝、アナライザーにかけてみる」

　伊月も給食に似た懐かしい味のかき玉汁を味わいながら、ミチルの話に応じた。

「ああ、あれ。俺も見たかったけど、もう刻んじゃいましたよね？」

「うん、プチプチに刻んじゃったやつでいいなら、明日の朝見せてあげるわ」

「けどそれ、犯人の毛髪なんですかね。また、佐川利雄のだったりして」

「ちょっと、やめてよ。もう佐川利雄は結構。犯人のものだと思いたいわね」

「どうだか」

筧は、二人のやり取りを聞きながら、門外漢ならではの控えめさで会話に加わった。

「せやけど、佐川利雄の髪やなかった場合、個人識別ができて、警察のデータベースと照会したところで、前科《まえ》がない、あるいはＤＮＡサンプルを取ってない場合は、誰かさっぱりわかりませんしね」

「そうなのよ。そこが不気味なのよね」

ミチルは少し迷ってから、キャベツの千切りにノンオイルタイプの和風ドレッシングを掛けた。

伊月は、焼き豚と白ネギ、それに卵だけで作ったシンプルなチャーハンを半分ほど食べたところでかき玉汁を投入し、自分で勝手にスープチャーハンにして食べながら言った。

「ミチルさんは、それが犯人のものだと思うんですよね？」

「ただの印象だけどね。私たちを無理矢理、佐川利雄にまつわる場所に放り込み、彼の右腕のミイラを託した……そんな犯人が、何を伝えようとしてるんだろう、私たちに何を望んでるんだろうって、今日、四年前からの解剖記録を延々チェックしながら、考えてたの」

「……それで？」

「凄くシンプルに言えば、相手が『誰』なのかわからないままじゃ、何をどうしてあげようもないわって」

「そら、そうですね」

伊月の食べ方に興味をそそられたらしく、慎重派の筧は、チャーハンを載せたレンゲをかき玉汁に沈めるという逆の方法で、一口だけスープチャーハンを作って口に運び、もぐもぐしながら相づちを打つ。

ミチルは千切りキャベツの鉢《はち》を持ったまま、考え考えこう言った。

「だから犯人は、自分の正体を私に教えようとしてるんじゃないかって、そう感じる。ストレートに教えるんじゃなく、ヒントを与えることで、自分にたどり着けって、そう言ってるみたいな……」

「なんで、素直に教えちゃいけないんだろ」

「そら、教えられたら、僕、速攻でしょっ引きにいかなあかんし」

筧は至極もっともなことを言ったが、ミチルはそれをさりげなく否定した。

「それもあるけど、もしかしたら、私と伊月君が、とても大事なことを忘れてて、それを思い出せって言ってるのかな……とか」

「ええっ、ミチルさんはともかく、俺もですか？　俺はまだ新人だし、そもそもしっかりお兄さんなんですけど」

「私も比較的、しっかりお姉さんのつもりなんですけど……ね」

伊月の口ぶりを真似て言い返し、ミチルは深い溜め息をついた。

「考えられることは、もう一つ。でも、あんまりその可能性は考えたくない」

「何です？」

筧は、軽く身を乗り出す。筧の膝の上、コタツ布団で丸くなっていたしゃもが、抗議の唸り声を上げ、畳に飛び降りた。

ミチルは、心底嫌そうな顔で、ボソリと吐き出す。

「もしかしたら……うちの教室に、毛髪の持ち主のDNAサンプルがあるのかもしれない、っていう、可能性」

「げッ」

ミチルの言わんとすることを理解し、伊月はこたつに入ったまま、器用に尻で後ずさる。

筧はキョトンとして、ミチルと伊月の顔を交互に見た。

「あの……それが、何かまずいんですか？　もし、教室に毛髪と同じＤＮＡの持ち主がおったら、毛髪の持ち主の正体がわかるんやから、ええことと違うんですか？」

「確かにいいことなんだけどね、筧君」

ミチルは陰鬱な表情と、地を這うような声でこう言った。

「うちの教室には、毎年百人以上臨床実習《ポリクリ》で回ってくる学生、それから年間百体を超えるご遺体、さらに諸々の理由で提供していただいた、国内外の血液サンプル、あるいはＤＮＡサンプルが、過去、約三十年分、冷凍庫に入ってるの」

「うわ……それ、つまり、大雑把に言うて……」

「ざっくり、数万人分」

「それ……データベースになってたりは……せえへんのですね？」

その筧の問いには、伊月が、ミチルに負けず劣らずのゲッソリした顔で答える。

「ねえよ。だって、ＤＮＡの分析技術が、この三十年で、どんだけ飛躍的に進歩したかって話だよ。ここ数年ならともかく、古いやつは、抽出からやり直さないと、信頼度が低すぎる」

「そういうこと」

ようやく事の重大性が飲み込めた筧も、青ざめた顔で問いを重ねた。

「っちゅうことは、毛髪のＤＮＡが佐川利雄のもんやのうて、警察にＤＮＡデータのある人間やなかった場合は……その、教室にあるサンプルをすべて……」

「ほぼすべてを片っ端から解析して、毛髪のＤＮＡと照合する必要があるわね」

「うわあ……」

三人はそれきり何も言わず、突然すべての味が消え失せたような夕食を、ただ黙々と平らげた……。

四章　与えるは受けるより幸福なり

それから十日後、午後四時過ぎ。

「はー、やられた……」

そんな泣き言と共にセミナー室に引き上げてきた伊月に、司法解剖における死因の統計作業をしていた秘書の住岡峯子は、明るい笑顔で声を掛けた。

「お疲れ様ですにゃ。今日の解剖は、長かったですねえ」

甘ったるい声だがイヤミでないのは、彼女の性格がルックスや声ほど甘くないことを、伊月が既に知っているからだろうか。

「うう、久しぶりにバテた。足の裏がジンジンしてる。ネコちゃん、俺にお茶淹《い》れてくれる優しさはある?」

伊月は自席には戻らず、休憩や来客との面会に使う大きなテーブルに、思いきり両手を伸ばしてガバッと伏せた。

そんな大袈裟な疲労アピールに、峯子は苦笑いしながらも「いいですよ」と請《う》け合った。

「だけど、リクエストは禁止です。先生が買ってきてほったらかしの抹茶ミルクが賞味期限ギリなんで、強制的にそれを飲んでもらっちゃいます」

「謹《つつし》んで飲ませていただいちゃいます」

軽口で応じつつも本気でへこたれた顔で、伊月はうなじで結んでいた髪を解き、手《て》櫛《ぐし》でバサバサと解しながらぼやいた。

「ああくそ、滅多刺しはマジ勘弁だよ」

「ありゃま。それで長かったんですかあ」

「そ。写真だけで馬鹿みたいに時間かかるっつの。その上、創の大きさだの形状だの深さだの、一つ一つ全部計ってたら、そりゃ時間もかかるってもんだよなあ。刺すなら刺すでいいから、一発で決めてくれよ」

「あらまあ。はい、どうぞ」

峯子は笑いながら、伊月のだらしなく伸ばした指の先にマグカップを置いた。行き倒れの旅人のようにマグカップをズルズルと引き寄せた伊月は、テーブルからほんの少しだけ顎を上げ、なみなみと入った甘い抹茶ミルクを器用に啜る。

「こらこら。刺すなら刺すでええからとか言うたらあかん。あと、狙って一撃は、プロでも難しいんや。素人さんに過大な期待をしたらあかん」

院生の暴言をやんわり聞き咎《とが》めて現れたのは、教授の都筑壮一である。さすがの伊月も、むくっと起き上がった。

「げ。聞かれた。す、すんません」

「いやまあ、お疲れさん。長丁場《ながちようば》やったなあ。手伝えんでごめんな」

「いえ、先生こそ、今日、証人喚問だったんじゃないんですか？」

「せやねん。僕もさっき帰ってきたとこや。ねちこい弁護士でなあ。こっちも参ったわ」

都筑は伊月の向かいに腰掛け、うーんと伸びをした。

「住岡君、僕もその……何や緑色のわちゃわちゃしたやつ、もらおか」

「抹茶ミルクです。伊月先生の」

「いいですよ、どうぞどうぞ」

賞味期限間際の抹茶ミルクを実に鷹揚に勧める伊月に苦笑いしつつ、都筑はガランとした室内を見回した。

「他の連中は？」

「森君は先に上がったから、実験室でサンプル片してるんじゃないですかね。ミチルさんは遺族に説明に行ってて、清田さんは後片付け。俺は、グニャグニャしてんのがいたら邪魔だからって、追い出されました」

「さよか。……ほんで、例の件はどないなってるんねんな。僕があんまりやいやい言うんもアレやと思うて、そっとしとるけど……ああ、ありがとう」

「どういたしまして」

　都筑の前にも抹茶ミルクのカップを置き、峯子は自席に戻っていく。とはいえ、狭いセミナー室なので、聞くともなしに二人の会話は聞こえてしまうのだが。

　伊月は、またしても大きな溜め息をついて「倦怠期《けんたいき》、ですかねえ」と言った。

　都筑は無言で三口ほど抹茶ミルクを飲み、「甘いなあ、これ」と軽く文句を言ったついでにツッコミを入れる。

「それはアレや、停滞期の間違いちゃうか」

「あ、それです。最初はフットワークが軽かった犯人なのに、ここんとこ何もなし。もっと情報くれてもいいのにな」

「いや、犯人にそんな期待をしてもあかんやろ。池魚《ちぎょ》の殃《わざわい》といえども、売られたケンカは買うと決めたんやったら、自分から行かなあかんで」

そんな都筑の言葉に、伊月は両手でくるむようにマグカップを持ったまま、ともすれば鋭くなってしまう目をまん丸にする。

「稚魚の災い？　俺、ヒヨッコとか新米とかはよく言われるけど、まさか魚扱いされるとは思わなかったな……」

するとと都筑は、小さな目をパチパチさせて、「ちゃうちゃう」と笑った。

「ちみっこい魚やのうて、池の魚と書いて、池魚や。災いはまあ、そうやけど」

「池の魚の災難ってことですか？　釣り的な？」

「君はホンマに、文学的知識がゼロやな。池魚の殃っちゅうんは、昔、宋《そう》の王さんが池に投げ込まれた珠《たま》を拾うために池の水を汲《く》み出させたんや。せやけど珠は見つからんで、池の魚も全部死んでしもたっちゅう故事から、巻き添えに遭うとか、意外な災難に遭うとかいう意味なんやで」

「へえ。先生、変な川柳《せんりゅう》以外にも、ちゃんとしたことも知ってるんですね。つか、結局魚扱いなんじゃないですか、俺とミチルさん」

「まあそうやけど。うちには口の減らん部下しか来んなあ。……いや、そんで、何がどう停滞しとるんや？」

情けなく眉をハの字にして、都筑はなおも問う。伊月は、ようやくマグカップから右手を離し、指折り数えて現状報告を始めた。

「何もかもですよ。中村さんは佐川利雄の両親のところに何度も行ってくれてますけど、体調がイマイチで、あんまり話が通じない状態みたいだし、筧も毎日、元体育館周囲で聞き込みを続けてますけど、あの辺り、夜は誰も出歩かないみたいで、前が乗用車っぽい形の黒いバンの目撃証言がいくつか拾えただけっす。ナンバーなんて、誰も見てないし」

「そらまあ、近所に黒いバンが停まってたくらいで、いちいちナンバーまで覚えにからんわな、僕らも」

「ですよね。後ろの窓に、ヘビみたいな形の白いステッカーが貼ってあった気がする……くらいが、有効な情報ですかね。一応、犯行当日に貸し出されてた黒いバンのレンタカーを近県であたったんですが、該当する車はなかったってことです」

「ふんふん。ほんで？」

「元体育館内部に残ってた足跡は、俺とミチルさんのをどければ、二人分。サイズからして、男と女だろうってことです。二階通路で撮影してたのは、男のほう。俺たちがミイラの腕を見つけたり、警察に助けを呼んだりしてる間に、そっと裏口から立ち去ったんでしょうね。合鍵を持ってたみたいで、鍵穴を弄った痕跡はなし、って筧が言ってました」

「そのへんはどれも、警察の仕事やな。君らのほうはどうなんや？」

そう水を向けられて、伊月は疲弊した声で報告を続ける。

「俺たちが見つけた右腕のミイラは佐川利雄のものと判明、でも、誰がミイラを作ったのかは謎。で、『暗闇の即興劇』とかいうふざけた名前のあの動画、投稿されたのがO市内のネカフェだってことはわかったんですけど、ＩＤは使い捨てっぽくて、投稿者の情報は適当でした」

「つまり、誰が投稿したかまではわからんかったわけやな？」

「今んところは。で、動画のＵＲＬを送りつけてきた速達封筒にも中の紙切れにも指紋はなし。切手にも唾液《だえき》はついてなかったそうです。中に入ってた髪の毛一センチから、ミチルさんがＤＮＡを抜いて個人識別をしたんですけど、佐川利雄のものじゃありませんでした」

「ほな、誰のや？」

「わかんないから困ってるんじゃないですか。警察のデータベースには引っかからなかったんで、今、仕方なく……」

「うちのＤＮＡサンプルのデータベース化を兼ねて、片っ端から解析してます。もしかしたら、どれかＤＮＡ型が合致するサンプルがあるかもしれないので」

ようやく引き上げてきて、区切りのいいところまで聞いていたらしきミチルが、さすがに疲れた顔で現れる。

「おう、お疲れさん。特に問題のう終わったか、解剖は」

都筑の労いの言葉に、ミチルは口の端で小さく笑って頷いた。

「創傷の計測が手間要りだっただけで、事件自体はシンプルな怨恨《えんこん》殺人なので、特に問題はなかったです。むしろ問題はこっちにあります。ねえ、伊月君」

「ですです。あ、ミチルさんも抹茶ミルク飲みます？」

「要らない。余計なカロリーは敵よ」

素っ気なく伊月の勧めを断り、ミチルは自分でマグカップに玄米茶を淹れ、伊月の隣に腰を下ろした。

都筑はますます心配そうに、ミチルと伊月の顔を見比べる。

「それにしても、ＤＮＡ鑑定の絨毯《じゅうたん》爆撃は大変やろ、サンプル数が」

ミチルは小さく肩を竦める。

「まあ、科研費様のご威光でバイオアナライザーが来てくれたので、解析自体は凄く楽になりましたけど……ＤＮＡ抽出とＰＣＲが手間ですね」

「せやろなあ。何万とあるのに、二人でやっとるんか？」

「手が空いてるときは森君も手伝ってくれてますけど、基本は俺とミチルさんで。……その、仕事じゃないから」

伊月は小声で「すんません」と付け加え、ミチルも申し訳なさそうに軽く頭を下げる。しかし都筑は、「何を言うてるねんな」と笑った。

「あの溜まりに溜まったサンプルからＤＮＡを抽出して、データベース化してくれるんやったら、こんなにありがたいことはあれへん。立派な仕事や。せやから、万が一、途中で型が合致するサンプルがヒットしても、時間かけてええから、最後までやってや」

そう言って不器用なウインクをされ、ミチルは困った顔で「ええ、まあ」と曖昧に応じる。

実のところ、出来るだけ早く、毛髪ＤＮＡと一致するサンプルを見つけられるようにと、新しいサンプルから手を付けているのである。

出来ることなら、三十年ものの古びた血液サンプルには触れたくない……というのが、ミチルと伊月の偽《いつわ》らざる本音だった。

しかしそんな言葉は喉の奥に押し戻し、ミチルは熱いお茶を飲んで嘆息した。

「解剖記録や検案記録、それに親子鑑定記録も四年前からこっち、仕事の合間に全部チェックしましたけど、佐川利雄って名前は出てきませんでした」

「こないだから、この奥の机に書類山積みやったんは、それかいな。全部見たんか」

「はい。徒労でしたけど。毛髪DNAに合致するDNAサンプルを探す作業はまだまだ続けるものの、他にできることはなくなってきました。……はあ、八方塞《ふさ》がりって、こういうときに使う言葉なんでしょうか」

珍しいミチルの弱音に、都筑はホロリとした笑顔で口を開いた。

「せやかて君らは刑事ちゃうねんし、法医学者としてやれることをちゃんとやっとったら、それでええん違うか。警察の人らも、一生懸命捜査してくれてはんねんし」

ミチルはちょっと情けない笑みを浮かべて頷く。

「それはそうなんですけど、自分たちが巻き込まれた事件なのに、わからないことだらけなのが、腹立たしくて仕方ないんです。どこの誰が、何を思って私たちを襲撃したのか……相手と理由が知りたいだけなのに」

「気持ちはわからんでもないけど、こういうことは焦ってもしゃーない。小さなことからこつこつと、や」

有名なお笑いタレントの名言を引用し、都筑は痩せた顔をクシャッとさせた。

「まあ、そうなんですけど」

「それに、八方塞がりっちゅうことは、四方八方から、ジワジワ部品が集まって組み上がりよるっちゅうことや。大事な部品が一つ見つかったら、全部がいっぺんに出来上がるかもしれへんで」

「そうだといいっすけどね」

伊月もグンニャリした姿勢に戻って、実に気のない相づちを打つ。

「まあ、よう休み。そのうち筧君も来るやろから、今日は二人ともはよ帰りや。僕はこれから会議や。こう椅子に座る仕事ばっかりやと、痔がさっぱり治らんわ」

訊かれてもいない事情ならぬ痔状を打ち明け、都筑はそろりと立ち上がる。

そこへ、ノックと共に筧が入ってきた。

「お邪魔します。あっ、都筑先生、お疲れ様です」

毎日来ているのに毎回しゃちほこばった礼をする筧に、ちょうど出ていこうとしていた都筑は、労るような笑顔で挨拶を返した。

「おう、毎日お疲れさんやな。捜査、苦労しとるようやけど、よろしゅう頼むで」

「はっ、はい！」

緊張の面持ちで直立不動の筧の二の腕をポンと叩くと、都筑は「カリキュラム委員会行ってくるわ」と峯子に言い残し、よれた白衣の襟元を直しながら出ていった。

「きししし。いいタイミングでお出掛けになってくださいましたにゃ。さっ、筧さんも一緒に！」

怪しい笑い方をしながら席を立った峯子は、筧の背中を押してテーブルのほうへ連れていった。

「えっ？　な、何をご一緒するんですか？」

戸惑いながらも、そこにいたのが伊月とミチルだったので、筧はホッとした様子で「お疲れさんです」とさっきよりは随分リラックスした挨拶をした。

「座ってくださいにゃ。すぐお茶淹れます。鬼のいぬ間に、十五分だけテレビ！」

そう言いながら、峯子はいそいそと小さなテレビのスイッチをつける。

職場なので、テレビは報道番組、特に自分たちに関係する刑事事件のニュースをチェックするために置かれていて、娯楽目的で見ることは滅多にない。

だが峯子は、悪戯っぽい笑顔で、ぷっくりした唇の前に人差し指を立てた。

「お願いですから、都筑先生には内緒にしてください。一昨日、見損ねちゃって。ちょうど今から再放送なんです」

ミチルは、訝しげに首を傾げる。

峯子はリモコンでチャンネルを操作しながら、小声で答える。

「何の?」

伊月の横に座ろうとしていた筧は、あっと声を上げて伊月を見た。

「ホネドクトル」

「ホネドクトルって、タカちゃん。前に中島大介さんが言うてはったやつ? あの人が特殊メイクを担当しとって、タカちゃんが好きな特撮番組やろ?」

伊月も、さっきまでのぐにゃぐにゃぐにゃぶりはどこへやら、少し元気を取り戻した様子で頷いた。

「そうそう! へえ、こんな時間帯に再放送やってんのか。そういや今週は、俺も録画してまだ見てないや。くたびれて寝ちまったんだよな」

ミチルも、ちょっと嬉しそうに同意した。

「そうそう。なんだか例の事件のことで気疲れしちゃって、見る元気なかったのよね。筧君は見るの初めてだっけ?」

筧は、気後れした様子で小さく頷いた。

「は、はあ。もしかして、タカちゃんだけやのうて、皆さんお好きなんですか?」

その質問には、三人を代表して峯子が答える。

「もっちろんです。私は素人ですけど、せっかく法医学教室にお勤めしてるんだから、こういう医学ドラマは見とかなきゃ」

「医学ドラマ……なんですか……？」

「あれっ、ホネドクトル見てます？　ずるい、声掛けてくださいよ！　あっ、でも再放送か。僕はもう見たからいいや」

ヒョイと顔を出した技師の森陽一郎は、クールな口調でそう言い、実験室に戻っていった。

「森君まで！　そんなに面白いんですか、ホネドクトルて」

覚はおそるおそる峯子に訊ねた。峯子はチロリと舌先を出して、意味ありげな笑顔で囁く。

「私、医学ネタは全部はわかんないですけど、かっこいいんですよぉ、フラクチャーのボスのボルト役をやってる俳優さんが！」

「へ、へえ……」

「十五分だから、朝ドラ感覚？　ちょっとずつしか進まないから、いっぺんピンチになったらしばらくずーっとピンチなのとか、妙に面白いです」

「そ、……そう、ですか。じゃあ、僕も見てみますわ」

これ以上峯子の邪魔をしないよう、筧も静かに椅子に腰掛け、伊月の頭越しにテレビ画面を見上げた。

いかにも特撮番組っぽい、骨という言葉を連呼するオープニング曲の後、いきなり始まった物騒なシーンに、筧は目を白黒させる。

黒の全身タイツに身を固めた数人の男たちが、各々巨大な注射器を手に病室になだれ込んできた。注射筒に満たされているのは、いかにも毒々しい紫色の液体だ。

タイツの胸にポッキリ折れた骨が描かれているのを見ると、彼らが悪の組織「フラクチャー」の戦闘員に違いないと、筧は推察した。

子供の頃は、戦隊ものを見て、ごっこ遊びをして育った彼なので、そのくらいのことは容易に見当がつく。

『ふははは、これは、我らフラクチャーが誇る頭脳、プラスター博士が作り上げた新薬だ！　これを飲めば、たちどころに貴様らの全身の骨はポキポキに折れてしまうのだ！　この新薬の効果を、今から貴様らで人体実験してやるぞ！』

「超親切な説明ですにゃ」

峯子は噴き出し、「ほら、インフォームドコンセントは、今どきどんな医療施設でも必須だから」とミチルも笑いながらカーゴパンツの脚を組む。

『待てぇい！』

怯える患者の腕に注射針が突き立てられようとしたまさにその瞬間、白衣の医師が三人飛び込んできて、戦闘員たちといきなり戦い始めた。

おそらく彼らがこの後、ホネドクトルに変身するのだろう。見えない場所から風を送っているのか、白衣の裾が不自然なまでにはためいている。

「ふふっ、すっごく元気な入院患者」

「確かに！　フットワーク軽いなあ」

ミチルの笑みを含んだ軽いツッコミに、伊月もニヤニヤして同意する。

医師たちと入れ違いに、入院患者たちがベッドから飛び降り、全力疾走で病室から逃げ出すさまは、確かにかなり滑稽であった。

『フラクチャーめ、患者さんに危害を加えることは、我々が許さないぞ！』

そんなお決まりの台詞と微妙すぎるポーズを決めてから、医師たちはそれぞれ、聴診器、打腱器《だけんき》、喉頭鏡《こうとうきょう》などを武器に、戦闘員を易々と叩きのめしていく。

一気に劣勢に追い込まれた戦闘員たちは、伝統の奇声を発しつつ、廊下を通ってドタドタと逃走、医師たちもそれを追って、病院の外に走り出た。

「ええっ？　マイカー移動？」

次のシーンで、筧はまたしても驚きの声を上げた。

戦闘員たちは、病院の前に滑り込んできた黒い自動車に次々と飛び込む。追いすがる医師たちを後目《しりめ》に、彼らを乗せた自動車は悠々と走り去っていった。

「ちょ、タカちゃん、いつもこんな普通の車で移動してはるんか、フラクチャーの皆さんは」

「いや、俺はこれまでの話を全部見てるけど、いつもは車は使わないで、走って逃げてた。ね、ミチルさん」

「…………」

筧の呆れ声の質問に、伊月は笑って答え、ミチルに同意を求めた。しかしミチルは、さっきまでのリラックスした笑顔はどこへやら、急に真顔になって立ち上がった。

「伏野先生？」

驚いて見上げる峯子に構わず、ミチルは突っ立ったまま画面を凝視している。

だが、医師たちも検診車に乗り込み、戦闘員たちの乗った自動車を追跡し始めたところで、エンドクレジットが流れ始め、ほどなく、コマーシャルに切り替わってしまった。

ミチルは小さく舌打ちすると、峯子に訊ねた。

「ネコちゃん、ホネドクトルって、オンデマ配信してたよね？」

峯子はポカンとしたまま、少し考えて頷く。

「あります。私、オンデマンドで一話だけ見たことありますもん」

「もう、今週分も配信されてるかな？」

「本放送が終わったらすぐ、配信は始まりますにゃ。ただ、お金が……」

「かかってもいい。見る」

やけにキッパリそう言って、ミチルはツカツカと自席に戻っていった。

峯子は首を傾げながらも、技師長の清田に見つかりでもするとうるさいので、速やかにテレビを消して仕事を再開する。

伊月と筧は顔を見合わせ、ミチルの席へと向かった。

「ミチルさん、どうしたんすか？」

ミチルは自分のノートパソコンを立ち上げ、無言のまま課金の手続きをして、さっき見たばかりの「ホネドクトル」のエピソードを、インターネット配信で見始めた。

しかも最初からずっと見るのではなく、マウスを操作して、猛烈な勢いで早送りしていく。

「伏野先生？」

伊月と二人、ミチルの椅子の後ろに立って、筧も困惑しつつ呼びかける。

するとミチルは、戦闘員たちが病院の外に逃げ出した場面で映像を一時停止して、

「やっぱり」と呟いた。

「見て、これ。さっきテレビを見てたとき、ふと気になったの。考えすぎかも、しれないけど」

「何がです？」

軽く身を乗り出し、指し示された画面の一点をミチルの肩越しに見た筧は、彼女の意図がわからず、眉根を寄せる。

だが伊月は、ヒュッと小さな音を立てて息を呑んだ。

「白いステッカー！　ヘビみたいな形の！　言ってたろ、お前！」

「……えっ？」

「だからあ！　お前が聞き込みでゲットしてきたささやかな目撃情報！　あの夜、前がセダンタイプの黒いバンを見たって。そんで、そのバンの後ろの窓に、ヘビみたいな形の白いステッカーが貼ってあったと思うって話だよ！」

「……ああ……それが……あっ！」

筧も声を上げる。

戦闘員を回収するべく、病院の車寄せに滑り込んできた黒い自動車は、まさにボンネットが短いながらもセダンタイプの黒いバン、そして、後部ガラスには、戦闘員の胸に描かれているのと同じ、ぽっきり折れた長い骨のステッカーが貼られていたのである。

「そうか、ちょっと離れたところから見たら、折れた骨がヘビみたいに見えたんかもしれませんね」

「……と、思ったのよ。私も最初何の気なしに見たとき、あ、ヘビ模様って思ったの。だから、ちゃんと確認したくて見直したわけ」

伊月は思わず筧のがっちりした肩に手を掛けた。

「おい、筧！　これってもしかして、ホネドクトルの関係者が……つ、つまり、少なくとも学生時代に体育館の合鍵を持ってた中島さんが怪しいんじゃないのかよ！　もしかしたら、合鍵の複製を持ってたかもしれないんだし」

興奮する伊月に対して、筧も高揚してはいたが、さすが刑事というべきか、冷静に言葉を返す。

「せやけど、なんぼ任意でも、それだけで引っ張るんは……」

するど伊月は、さらに熱っぽく言葉を継いだ。

「だったら、足跡！　こないだ俺たち、元体育館の中で中島さんに会ったろ？　現場検証で床掃除したわけじゃねえから、埃はまだ積もってた。中島さんの足跡、残ってるはずだぜ！」

「あ……！」

「それを、犯人が残した足跡と照合して、もし合致したら……そういうことじゃねえの？」

ここぞというときの伊月の鋭い指摘に、筧はぐっと拳を握りしめた。

「せやった。すぐ、鑑識に連絡するわ！　あれからは誰も入ってへんから、中島さんのゲソ痕、消えてへんはずや！」

筧はポケットからスマートホンを取り出す。

「だけど……どうして、中島さんが？」

電話をかける筧の背中とパソコン画面の中の黒いバンを何度も見比べながら、伊月はひたすら戸惑う。

ミチルもその疑問に答える言葉を持たず、ただ厳しい眼差しで唇を嚙んでいた……。

四日後、ミチルと伊月は筧に付き添われ、T署にやってきた。

くだんの特撮番組、「ホネドクトル」で特殊メイクを担当しており、かつては佐川利雄と友人関係にあった中島大介に面会するためである。

元体育館に残された犯人二人の足跡のうち、男のものと思われる大きな足跡と、先日、元体育館に現れた中島大介の足跡をT署鑑識が鑑定した結果、靴底の模様こそ違えど、靴のサイズが同じであることが判明した。

さらに、靴底の減り方が二つの足跡で酷似《こくじ》しており、また決定的な事実としては、それぞれの足跡から微物を採取したところ、特殊メイクに用いられる人工皮膚の細片が検出された。成分分析の結果、それぞれの細片を作るのに用いられた原料が、全く同じ種類の商品を配合したものであることもわかった。

そうした事実と、番組内で用いられた黒いバンが中島所有のものであったことを突き止めた中村警部補と筧は、O市内の撮影スタジオに中島を訪ね、任意同行を求めた。

中島は別段驚いた様子も慌てた様子も見せず、落ちついて作業を終わらせ、T署に赴いた。

ところが彼は、取り調べ室で何も語らず、ただミチルと伊月を呼んでくれと繰り返すだけだったのである。

「すんません、ホンマは事件の容疑者と被害者を直接会わせるようなことは、あってはならんのです。せやけど先生方やったら、会うてみようと思われるん違うかと思いましてね」

ミチルと伊月を刑事課オフィスの前で迎えた中村は、苦り切った様子でそう言った。

昼でも薄暗い廊下は、しんと冷えている。

「呼んでくださって、ありがとうございます。伊月君は会ったことがあるんですけど、私は初めてなので」

ミチルはそう言って、中村に軽く頭を下げた。横に立つ伊月も、それに倣う。

相変わらず綺麗に固めた髪を片手で撫でつつ、中村は声をひそめてこう言った。

「そう言うてもらえたら助かります。あと、立ち話でアレなんですけど、お伝えしたいことがありまして」

「何でしょう？」

「佐川利雄の両親、何度会いに行っても、夫婦共にちょっと体調やら精神状態やらがアレで、ですね。なかなか話がまともに通じへんかったんですけど、今日の午前、母親のほうと、ようやく息子のことについて話ができまして。ほんでまあ、ほとんどは要らん思い出話やら、専門学校へ行く前の引きこもり時期に心配した話やらやったんですが、一つだけ実のある話がありました」

「何ですか？」

ミチルと伊月は、揃って中村の浅黒い顔を見る。周囲に人影はなかったが、中村はいっそう声を低くしてこう続けた。

「佐川利雄の右腕、あれはやはり、本人の強い希望で返却してもろたそうです。そんで、両親はてっきり火葬するもんやと思うてたんですが、息子は自分であれをミイラにしたんやと、母親がハッキリそう認めました」

「自分で!?」

ミチルと伊月は同時に声を上げ、しまったというように、これまたほぼ同時に口を塞いだ。

「あの、自分でって、どうやって？」

伊月が呆れ半分、興味半分で訊ねると、中村は渋い顔で説明した。

「何でも、佐川家の玄関は吹き抜けになっとったそうなんですが、利雄は干物用のネットに自分の腕を入れて、それを吹き抜けのシャンデリアからぶら下げとったそうです。それこそ半年くらい」

ミチルは、腰に手を当ててしばらく考え、頷いた。

「吹き抜けってことは、風通しがよくて、暑すぎず涼しすぎない場所に宙づりで半年か……。そりゃ、腕なら綺麗にミイラになっても不思議じゃないわね。でも、親は黙って見てたんですか？」

「もともと利雄は大人しいて無口なほうやったんですが、虐めが原因で高校を中退し、映像専門学校に入るまでの間の引きこもり生活で、親との関係もすっかり破綻《はたん》してしもうとったようです」

「破綻……」

自分も、仕事三昧の母親と意思の疎通がままならなかった子供時代を過ごしているだけに、伊月はちょっと痛そうな顔をする。

筧は気遣わしそうにそんな伊月を見たが、中村はまったく気付かずに話を続けた。

「ろくに喋らん上、不満が爆発すると、親に暴力を振るったり、家の中のもんを壊したりするんで、とりあえずしたいようにさせとくしかなかったようですわ」

「売ればお金になる元体育館を息子に好きに使わせていたのも、そういう理由だったんですね」

ミチルの推測に、中村も深く頷いた。

「そのようです。両親は特撮なんぞ、欠片もわからん人種ですわ。息子が腕をミイラにするて言うたときも、驚きながらも止めたらまた大騒動になるし、誰に迷惑がかかることでもないからと、見て見んふりをしたと」

底冷えのせいか、玄関の吹き抜けに右腕がつり下げられた光景を想像したせいか、伊月はブルッと身を震わせながら口を開いた。

「外から見たら明らかに異常でも、家の中でバランスがギリギリ取れてりゃそれでOKって流れ、わりとありますもんね。俺、法医に来てから嫌ってほど見てきましたよ、そのパターン」

「人は、良くも悪しくも慣れる生き物ですからなあ。ああ、寒いんで、残りの話は取り調べ室に向かう道中で」

やけに哲学的なことを言い、中村は歩き出した。三人も、その後について歩き出す。

「その後、ミイラの腕がどうなったのか、ご両親はご存じないんですか？」

ミチルの質問に、中村は軽く振り返って答えた。

「いつの間にかなくなっとったと……ミイラでも、毎日見とるうち、日常生活に溶け込んでしまうんですな。ほんで、その後のことはさっぱりわからんと言うてました。息子の死後、遺品を片付ける気力がなく、部屋にもあの体育館にも、ほとんど出入りはしなかったそうです。まあ、どんな子でも、一人っ子は可愛いもんですわ。三十路《みそじ》まで面倒見て自殺されたら、そらガックリ来ます」

妙に実感のこもった口調で、中村はそう言った。以前、彼がスマホに三人の娘のプリクラを貼っているのを、ミチルは見たことがある。きっと、佐川利雄の両親の気持ちが、中村には痛いほどわかるのだろう。

「中島大介のことも、両親は覚えとりました。ええ子やて。専門学校時代に、何度か顔を合わせたそうです。当初は元体育館の改装費用を親にせびっとった利雄に、そういうんは自分で稼ぐべきやとバイトに誘ったんも、中島やそうで。口数の少ない息子が、中島のことは、ええ奴やと言うとったそうです」

話しているうちに、四人は取り調べ室の前に来た。中村は、声をひそめてミチルと伊月に告げる。

「あくまでも任意なんで、所持品検査なんかはしとりません。勿論、箟が近くにおって、何ぞあったら必ず守りますけど、くれぐれも気ぃつけてください」

「大丈夫。もし、中島さんが拉致監禁の犯人だとしても、私たちを傷つけるつもりなら、あの夜に徹底的にやっていたはずですから」

ミチルは緊張の面持ちながら、唇だけで笑ってみせる。中村は頷き、筧に目配せしてから、取り調べ室の扉を開いた。


思ったほど狭くない取り調べ室には、刑事ドラマでよく見るような、けれどもっと古びた事務用の机と椅子が置かれ、鉄格子のはまった窓を背に、前回、伊月が会ったときと同じ、黒ずくめの服を着た中島大介が座っていた。

落ちついた顔つきで、机の上にはスマートホンが置かれている。

机を挟んで中島と向かい合っていた他の刑事が立ち上がり、パイプ椅子をもう一つ、自分が座っていた椅子の隣に置いて、退出していった。

部屋の隅には小さな机が設置され、書記係の警察官が待機している。

「どうぞ」

筧に促され、ミチルと伊月は中島と向かい合う状態で、並んで着席した。

「……あなたが、伏野ミチル先生」

中島に先に呼びかけられて、ミチルは頷く代わりに目礼した。次に彼は、伊月に視線を移す。声には、ミチルに対してよりも、幾分温かみがこもっている。

「もっと早く、気付いてくれると思ってました。だってあなた、ホネドクトルが好きで見てると言ってくれたでしょう？」

「あ……す、すんません。好きで見てるのはホントです。けど、こないだの分はうっかり寝ちまって、再放送で……車に気がついたのもミチルさんで……って、そうじゃなくて！　もしかして、ホントは俺のこと」

のっけから軽く狼狽する伊月に、中島はニットキャップを脱ぎ、スマートホンの傍らに置いてから軽く頭を下げた。

「すみません。こないだは、あなたが刑事さんだと勘違いする芝居をしました。本当は法医学教室の先生だって、知ってます」

「えっ……？」

「学生時代、課題の映像作品を作るとき、自分たちが役者もやってたもんで、少しくらいは芝居ができるんですよ。ホネドクトルの役者さんたちと比べても、そう悪くはなかったでしょう？」

「う……は、はい」

「ありがとうございます。伊月先生は、僕のことをよく喜ばせてくれる。本当にホネドクトルが好きでいてくれたお礼に、白状します」

中島は心底嬉しそうにニッコリ笑うと、二人に向かって静かに告げた。

「僕が、あなた方二人を襲撃し、あの場所に拉致監禁しました。動画を撮影したのも、ネットに上げたのも、僕です」

中島は、小さいがハッキリした声で断言した。中村が、思わず机に手を掛ける。

「待ってください。それは自供として取り扱われますけど、ええんですな？」

中島はこっくり頷き、視線を伊月に据《す》えた。そして、深々と頭を下げる。

「えっ？　いや、えっ？」

戸惑うばかりの伊月に、頭を上げた中島は、静かにこう言った。

「最初に謝っておきます。伊月先生は巻き添えです。申し訳ありません。あのシチュエーションが欲しかったので、伏野先生の同僚であるあなたを利用してしまいました」

「え……」

「それって、私が狙いだったってこと？」

絶句する伊月に代わり、ミチルが問いかける。その声は冷静だったが、伊月の目に映るミチルの横顔は、酷く強張っていた。

中島は、ハッキリとその問いを肯定する。

「そうです。伏野先生が本当のターゲットでした」

「そもそも、どうして私の名前を知ってるの？　私があなたに会うのは初めてのはずだけど」

「お会いするのは初めてですが、僕のほうは知ってるんです。よくあなたの名前を聞きましたし、調べましたから」

「いったい誰に私のことを？　どうして調べたの？　そして、どうして襲撃なんて」

ミチルは硬い声音で矢継《やつ》ぎ早《ばや》に問いかけたが、中島はただひとこと返した。

「あなたに、思い出してほしいことがあったから」

「思い出す……？　何を？　私はあなたを知らないし、あなたの友達の佐川利雄さんのことも知らないのよ？　何を思い出せって言うの？」

さすがに困惑を隠せないミチルに、中島は眼鏡を押し上げ、どこかに感情を置いてきたような空虚な声で言い返した。

「そう、先生は、僕を知らない。佐川のことも知らない。それは当たり前です。でも……僕たちの大事な人のことは知っている」

「大事な、人？」

「そうです。先生にその人のことを思い出してもらえれば、それで僕の目的は達成されるんです」

「ちょっと、目的って、いったいどういう」

思わず身を乗り出そうとした伊月の肩を背後から押さえ、筧はそれを制止した。中村も、この場は中島とミチルに会話させようと考えたらしく、ミチルの傍らに立ち、鋭い視線を中島に注いでいる。

隣にいる伊月には、ミチルが十分すぎるほど動揺しているのがわかる。机の下で、彼女が両の拳を腿《もも》の上で握り締めているのが見えた。

だがミチルは、それを表情に出さず、ただ深い息を吐いてから、中島に再度、問いかけた。

「あなたと亡き佐川利雄さんにとって大切な人に、私が何かをしたということ？　そして、それを私が忘れていると？」

「そうです。でも、勘違いしないでくださいね」

ミチルとは対照的に、中島はまるで誰かからの伝言を伝えているような平板な語り口のまま話し続ける。

「勘違い……？」

「僕は、あなたを恨んであしたわけではありません。佐川の死も、あなたには何の関係もありません。……でも、とある人のことを、あなたは思い出すべきだ。あなたは自分の言葉が、その人にどんな影響を与えたか知らないでいる。知らないまま、法医学の先生として、人の死にかかわる仕事を続けている。僕は、それが許せないだけです」

「……ごめんなさい。あなたが何を言っているのか、私にはわからないわ」

「でしょうね。あなたにとっては、事件ですらない。忘れてしまうのも無理はありませんよ」

中島の声に、初めて感情が……嘲《あざけ》りに似た冷ややかな色が混じる。ミチルは、半ば無意識に軽く身を乗り出した。

「ハッキリ言って。私が、誰に、何をしたっていうの？」

彼女の語調は鋭かったが、声にはどこか懇願するような響きがある。それでも中島は、ミチルを冷たく突き放した。

「それは、あなたが自分で思い出してこそ、意味のあることだから。……心配しなくても、僕は大人しく拘束されていますし、先生にも伊月先生にも、もう何も悪いことは起こりません。だから、思い出してください。あなたがあの子に、何をしたか。そしてそれが、どんな結末をもたらしたか」

ミチルの拳が小さく震えているのを見かねて、伊月は後でセクハラだと怒られるのを覚悟で手を伸ばし、自分の右手をミチルの左の拳にそっと重ねた。

ミチルは一瞬驚いた顔で伊月を見たが、彼の手を振り払いはしなかった。おそらく、ほんの少しでも励ましになったのだろうと、伊月は胸を撫で下ろす。

大きな溜め息を一つついてから、ミチルは再度、中島に向き合った。

「だったら、一つだけ教えて。それは、佐川利雄さんの右腕のミイラに、関係があることなの？」

「直接的では、ないにせよ。……あれをあそこに置いたのは、僕ですから」

「……………」

唇を引き結んだミチルに、中島は重ねてこう言った。

「本当に、憎しみも恨みも、何もないんです。先生が悪いことや間違ったことをしたわけでもない。でも、あなたには思い出すべき人がいて、背負うべきものがある。あなたにそう告げることが、ずっと傍観者でいるしかなかった僕にできる、ただ一つのことだと、半年前に腹を括《くく》りました。ですから……お願いします。これ以上は、もう喋りません」

「……わかったわ」

ミチルは短く、しかし心を込めて承諾の返事をする。中島はどこか安堵した様子でふわりと笑うと、深々とミチルに頭を下げた。

＊　＊

そのまま寛宅に直帰してからも、ミチルは酷く言葉少なだった。

あからさまに落ち込んでいるわけではないし、寛や伊月が話しかければ返事はするのだが、思考の大半が、中島が繰り返し要求した「彼と佐山にとって大切な人に、自分が何をしたか思い出す」ことに割かれているのは一目瞭然《いちもくりょうぜん》である。

ほとんど箸の進まないミチルを気遣いながら、しかし何も言えずに夕食を終えた寛と伊月は、彼女が浴室に消えると、ほぼ同時にほうっと大きな溜め息をついた。

「うああ、もう、何か見てらんねえな。可哀想ってのはちょっと違うけど、きつすぎるだろ、この流れ」

ダイニングの、冬場はまったく使わないテーブルにもたれかかってそう嘆く伊月に、ミチルが手を付けなかった料理にラップフィルムを掛け、冷蔵庫にしまい込みながら、篁も浮かない顔で応じた。

「あんなこと言われてしもたら、気にするなっちゅうほうが無理やし、僕らが一緒に考えてあげられることでもなさそうやしなあ」

「……もしかして、俺も一緒になって忘れてるんじゃないかってつらつら考えてみたけど、思い当たるふしはねえんだよな。だから、俺が来る前のことなんじゃないかと思うんだ」

「そっか……。あ、電話。僕やな」

テーブルの上に置いてあったスマートホンを取った篁は、通話ボタンを押す。伊月は、点けっぱなしだったテレビを消した。

「はい、篁です。お疲れ様です！　ええ、いてはります。はい。……早かったですね。ああ、なるほど。わかりました。お伝えしときます。はいっ、失礼します！」

ずっと直立不動で電話していたところを見ると、相手は上司の中村警部補だったのだろう。通話を終えた篁は、ふうっと息を吐き、スマートホンをテーブルに戻した。

「係長から抜き打ちチェックか？　俺たちが大人しくしてるかって？」

伊月が鎌を掛けると、篁は笑いながら「違うよ」と否定した。

「え、中村さんからじゃなかったのか？」

「いや、係長からやったけど、別にタカちゃんと伏野先生の所在確認やないて。ホネドクトルで使うとったあの黒いバン、中島の持ち物やったやろ？　番組アピールのために、普段から悪の組織のトレードマークのステッカーを自作して、貼り付けて走っとったらしいわ。で、あれから本人から鍵の提供があったんで、車を調べたんやって」

「へえ。で、何か出た？」

「後ろの荷室から、A型の血痕が出たて」

「あ、そんじゃたぶん、俺のだな」

「タカちゃんのほうが、頭の怪我大きかったもんな。DNA検査をしたいから、明日の午前に二人の血液サンプルをもらいに行きますって伝えてて言われた」

「そっか……。そういや、中島さんのこと、今、呼び捨てにしたけど、ってことは……」

「ああまで正面切って自供されたら、逮捕せんとな。本人の様子を見てたら在宅でもええ感じやけど、やっぱりそこは傷害事件の被疑者やから」

「じゃ、勾留《こうりゅう》されたんだ？」

「うん。あの後の取り調べでも、伏野先生にだんまりを決め込んだこと以外は、素直に答えるらしい」

「そこは、意志が固いんだな」

「せやな」

頷いて、篁はシンクの蛇口を捻り、洗い物を始める。洗い桶に食器を浸して油を落としつつ、篁は傍らの伊月に言った。

「なんや、こういうときに伏野先生にどうしてあげたらええんか、僕にはさっぱりわかれへんねんけど」

「俺にもわかんねえよ、そんなの。でもあの人の性格上、自分に降りかかった火の粉は、自分で払うつもりだろ」

伊月はテーブルの隅に腰を下ろし、ぶっきらぼうに答える。篁は困り顔で、スポンジに洗剤を垂らした。

「それはそうやろし、僕らが手伝えることはあんましないやろけど……そっちやのうて」

「じゃあ、どっちだよ」

「僕らと一緒におるん、気が紛れてよかったかな。それとも、ひとりになりたかったかなーて」

「あー……そりゃ、全然わかんねえ。俺だったら、あんな状況でひとりぼっちになったら、枕抱えて奇声を発しながら、部屋じゅう転げ回るけど」

「……怖いな、それ。いや、冗談抜きで、どうしてあげたらええんかな」

筧は真剣な顔で思い悩んでいるが、伊月はあっさりと言った。

「何もしなくていいんじゃねえの？」

「そうか？」

「うん。ミチルさん、腫れ物に触るみたいにされるほうがよっぽど嫌だろ。ひとりになりたきゃ、部屋にこもるだろうし。こっちにいるなら、俺たちがいることがちょっとは救いになるんだろうし」

単純明快な伊月の言葉に、筧は少し驚いてギョロ目を見張ったが、すぐにいつもの大らかな笑顔になって頷いた。

「そうか。そやね。気を遣われたほうがしんどいか」

「おう。だからまあ、ミチルさんが部屋に引っ込んだらそっとしといて、こっちにいるなら、ダラダラ梅酒でも飲んで、三人で久しぶりにジェンガでもやるか」

「ええっ。あれ、面白いけど、崩れたらしじゃもがめっちゃビックリするからなあ。他の遊びがええよ」

「ほんじゃ、ドンジャラ」

「あれも、ししゃもがパイをネコパンチで飛ばすから、いつも大惨事やんか」

「んー。じゃあ、トランプ。大富豪でもすっか」

「……タカちゃん、そんなとこまで関東風か。こっちではド貧民て言うんやで」

「どっちでもいいっつの。そうと決まれば、洗い物をさっさとやっつけようぜ。伊月様が、食器を拭いて進ぜよう」

偉そうにそう言って、伊月は布巾《ふきん》を取り、筧が洗った皿をガシガシと拭き始める。

ふー……。

ようやく穏やかな空気が流れ始めたことに安堵したのか、ししゃもは全身を使って大きな伸びをして、コタツ布団の上で丸くなったのだった。


翌朝も、ミチルはいつもどおり出勤し、ここしばらくの日課である血液サンプルからのDNA抽出作業に取りかかった。

伊月も、敢えて中島のことには自分から触れず、昨日、ミチルが抽出したDNAサンプルをバイオアナライザーにアプライする作業を引き受ける。

そうこうしているうち、正午前に実験室に現れたのは、中村警部補、そして府警本部鑑識の高倉だった。

「おはようございます、先生がた。昨日はその……お疲れさんでした。中島の件、筧から……」

「おはようございます。伺いました。今日も、事情聴取を?」

「はい。朝イチにちょっと。まあそのご報告に伺ったんです。ああ、その前に」

中村に視線で促され、背後に控えていた出動服姿の高倉は、いつもの機械音がしそうな大きな笑みを作り、二人に頭を下げた。

「どうもどうも。例の黒いバンの中の血痕を鑑定するために、お二方の血液サンプルをいただきに上がりましたよ」

ミチルは作業途中だったエッペンドルフチューブの蓋をいったん閉め、ピペットマンを机の上に置いて立ち上がった。

机の端のスタンドに立ててあった採血管を二本、高倉に差し出して、ミチルは少し不思議そうに問いかけた。

「はい、どうぞ。さっき採血したばかりだから、まだ少し温かいかも。でも、どうしてわざわざ高倉さんが?」

「やあ、昨日、セニョリータが更なる災難に見舞われたと中村さんからお伺いしたもので、差し入れをお届けがてら」

そう言って彼がアタッシュケースから取り出したのは、言うまでもなく小袋入りのバナナチップである。

「……お気遣いありがとう」

自分たちの血液と交換にバナナチップを手渡され、ミチルは実に微妙な顔で中村を見た。

「それで、報告って？」

問いかけながら、ミチルは片手で警察の二人に椅子を勧める。

中村は空いた丸椅子に腰掛け、咳払いして口を開いた。

「まあ、大したことやないんですが、現場の元体育館に、ゲソ痕が二人分あったことは覚えてはりますか？」

ミチルも、作業に区切りを付けてやってきた伊月も頷く。

「はい。……あ、そうか。昨日、中島さんは自分がやったって自供したけど、もう一人共犯者がいるはずなんですね？　それも、たぶん女性の」

ミチルの言葉に、中村は頷いた。

「そうですねん。そのことについて、昨日も今日も問い詰めたんですが、また変なことを言いよるんですわ。僕らみたいな学のないもんにはさっぱりですけど、先生方なら通じるもんがあるんやろかと思いましてね」

伊月はミチルの横に立ったまま、訝しげに首を傾げる。

「今度は何言ったんすか、あいつ？」

「それが……『見つけても無駄です。あの足跡は、彼女の影が付けたものですから』だそうで」

ミチルと伊月は、思わず顔を見合わせる。

「くそ、抽象的なことばっかし言いやがって」

伊月は低く舌打ちし、ミチルも言葉の意味を理解しかねて黙り込む。

そんな中、受け取った採血管を持参のアイスバケットにしまい込んだ高倉が、おもむろに会話に入ってきた。

「係長、その『彼女の影が付けた』ゲソ痕の写真、拝見してもよろしいですか？」

「ええですよ、持ってきましたんで」

普段、鑑識員にはやや偉そうな態度の中村だが、さすがに本部の鑑識となると、関係が微妙なあたりなのだろう。慇懃な口調でそう言うと、バインダーを開き、机の上に置いた。

「これです。ゲソ痕の写真を、広く上から撮ったやつですわ。こっちのでかいほうが、中島のゲソ痕。そんで近くを歩いとる小さいほうが、共犯者の女と思われるゲソ痕。近くのずずいっと太い線が、伊月先生を引きずった痕です。A型の血痕が、床にわずかに付着しとりました」

　高倉は眼鏡を掛け直すと、バインダーに収められた写真をしげしげと観察した。そして、「うーん？」と妙に高い声で唸り始める。

「何ですか」

「いや、その……何と申しますか、僕の立場で所轄の鑑識の仕事にケチをつけるのはどうも小姑《こじゅうと》のようで嫌なんですがね」

　言葉では躊躇いがちにそう言いつつ、実に楽しげな笑顔で、高倉は長い指で写真をトントンと叩く。

　中村は実に嫌そうな顔で、それでも発言を促した。

「小姑で結構、何や指摘があるんやったら言うてください」

「私たちも聞きたいわ。何？」

　ミチルと伊月も集まってくる。四人が頭を寄せて一枚の写真を覗き込んだところで、高倉は胸ポケットから細いペンを抜き、芯を出さずに、先端で写真の足跡を示した。

「確かにこの大きなほうは、中島のゲソでしょう。でもこっちの小さいのは……違うなあ。これを女のゲソだと思っちゃうのは、ちょっと目がお若い」

暗にT署の鑑識員を未熟者呼ばわりして、高倉はクスクス笑う。まさに小姑である。

「せやけど、ゲソ痕以外の何やっちゅうんです？」

身内を貶《けな》されて嬉しい刑事はいない。明らかに不愉快そうな中村に、高倉は歌うような調子で答えた。

「スタンプですよ」

「スタンプ!?」

三人の声が綺麗に重なる。高倉はいきなり革靴を脱ぐと、その中に手を突っ込んだ。

「そう、こうしてお手々でスタンプ。ゲソを見る限り、中島氏がこのサイズの靴に足を突っ込むのは難しいでしょうから、きっと手でやったんでしょうね。自分が歩くのに合わせて、傍らを女性が歩いているようにぺたぺたっとね」

「どうしてそんなことがわかるの？」

「簡単ですよ、セニョリータ。この女性とおぼしき小さなゲソは、あまりにも圧のかかり方が均一です。本当にこんな分厚い埃の上を歩いたなら、こんなぺったりしたゲソにはなりません。それに、時々バランスを崩したんでしょう。手首をついてしまった痕がある。ほら、ここ、それから、ここにも」

「あー」

口々に感嘆の声を漏らす三人の顔を満足げに見回し、高倉はさらにこう付け加えた。

「何より、この女性、必ず男性……つまり中島氏と行動を共にしている。せっかく現場に二人いたのなら、作業を分担すればいいのに、ただ横を歩いているだけなんてことは、ありえないでしょう。それに二人いるなら、伊月先生や伏野先生をこんなにダイナミックに引き摺《ず》る必要はない。いくら片方がか弱い女性といってもね」

中村は、憮然《ぶぜん》としつつも納得の表情をしている。伊月は、結んでいた髪を解き、輪ゴムを弄りながら首を捻った。

「でも、なんでそんなことを？」

高倉は、その問いにも明瞭に答える。

「おそらく、中島氏が『彼女』と一緒にこの場にいると思いたかったから。それを、伏野先生に伝えたかったから……ですかね」

「……ちょっとだけ謎に近づいたかもね」

ミチルは親指の先を軽く噛んだ。

「それがきっと、中島さんが私に思い出してほしい『大切な人』なんじゃないかしら。そしてその人は、女性なのね……」

「心当たり、あるんですか？」

伊月に問われ、ミチルはかぶりを振った。

「ないけど……性別が女性ってだけでも大きなヒントだわ」

「まあ、確かに。単純に、候補が半分になるわけっすからね。とはいえ、母数がどんだけあんのかわかんねえけど」

フォローになっているようでなっていない伊月の台詞にミチルが言い返そうとしたとき、実験室の扉が開き、都筑が入ってきた。

常に飄々《ひょうひょう》としている都筑だが、今は白衣を着ておらず、ノーネクタイのワイシャツに毛糸のベストという服装で首から老眼鏡を下げているせいで、文学者のように見える。

「ああ……っと、お揃いやったんか。邪魔かいな」

中村は慌てて立ち上がって「お邪魔しとります」と挨拶し、ミチルは「構いません、何かご用ですか？」と訊ねた。

すると都筑は、何とも言えず申し訳なさそうなしょんぼり顔で、ミチルを手招きした。

「伏野君、ちょっと来てくれへんか？」

「はあ……はい。じゃあ、失礼します」

なんだか妙な雰囲気だと思いつつも、ミチルは中村と高倉に挨拶し、都筑について教授室に入った。

数週間ぶりに立ち入る教授室は、相変わらず呆れるほど散らかっている。

いや、都筑に言わせれば、「散らかしてるんやない、必要なもんを全部、見えるとこに置いてるだけや」ということなのだが、床にも、机の上にも、応接セットのコーヒーテーブルの上にも、書類やファイル、書籍の類が山のように積み上げられている。

以前、掃除もままならないことに業《ごう》を煮やした秘書の峯子が、都筑が学会出張中に教授室を片付けたことがあったのだが、帰ってきた都筑は、温厚な彼にしては珍しく、烈火の如く怒った。

どうやら都筑には、どこに何があるか、本当に把握できているらしい。

「何でしょうか？」

数少ない「足の踏み場」に立ってミチルが訊ねると、都筑は大判の手帳の真ん中辺りを開き、ミチルに差し出した。

「いや、ずっと気になってたことがあってな。僕、佐川利雄っちゅう名前に、どうも覚えがあんねん」

ミチルは、ただでさえ大きな目を僅かに見開いた。

「どういうことですか？　だってうちで視てないし、記録にもそんな名前は……」

ミチルの言葉を小さな首の動きで遮り、都筑はやけに気弱な口調で告白した。

「ちゃうねん。うちで視たん違《ちご》うて、僕が視てん」

「……ちょっと意味がわかりません」

「せやから、この手帳、見てみ」

「……はあ」

ミチルは怪訝そうな顔つきのまま、手帳を受け取った。そこには、万年筆の粗い筆跡で、日付と簡単なメモ書きが記されていた。

「日記っちゅうほどやないねんけど、その日にあったことを、ずっとそうやってちょっとずつ書き残していってるねん。そこに書いてあるやろ、『佐川利雄』て」

「達筆すぎて素早く読めないんですけど……ああ、確かに。『佐川利雄氏の件、田口《たぐち》先生、道中、事故の災難につき、ピンチヒッターとして現場に駆けつける。しかし先生、肝心なところはご自分の目で確認。律儀なり』……田口先生って……うちのOBのですか？」

忘年会で会う柔和そうな老人の顔を思い出しつつ、ミチルは手帳から顔を上げた。

「せや。うちをずいぶん昔に辞めてから、親の後を継いで内科を開業してはるんやけど、ここにおった経験を買われて、長いこと警察医の仕事も兼ねてはるんや」

都筑の説明に、ミチルは小さく頷く。

「その話は、前に聞いたことがあります。こっちに回ってこないような……それこそ自殺者のご遺体は、警察医の先生が検案書を書かれるんでしたよね。そっか、佐川利雄は自殺だったから、田口先生が？　でも行き道に事故に？」

「せやねん。田口先生を乗せて現場に向かう途中のパトカーが、前方不注意の右折車に追突されてな。田口先生、ムチウチにならはったんや」

「うわ……」

「それでも現場には来てはって、僕が先生の意見を聞きながら検案書を書いて、発行したんや。その場で出して、控えは田口先生んとこでもろたから、うちの教室にはあれへんはずや」

「……そうだったんですか。なるほど。でも、その話はそこで終わりですよね？　そんな顔で私を呼ばれるほどのことではないような……あっ」

何となくそのまま日記を読み進めたミチルは、ハッと息を呑んだ。

（追記、後日、佐川利雄氏の件で、学生が教授室に来訪。六年生の高見優衣《たかみゆい》。佐川氏の両親に検案書を見せてもらい、そこに僕の名を見つけて来たとのこと。詳しい状況を聞きたがったが、故人との関係を明言しないため、断って帰した……）

「先生、これって」

啞然とした表情で手帳から顔を上げたミチルに、都筑は心底申し訳なさそうに言った。

「君、山のように記録調べとったやろ。悪かったなあ、僕がもうちょっと早う思い出してたらよかったのに、無駄足を踏ませてしもた。まあ、だからっちゅうて役に立つことでもなさそうなんやけども」

「借ります！」

ミチルは手帳を引っ摑むと、都筑の話を最後まで聞かずに教授室を飛び出した。

　そのままの勢いで実験室の扉を開き、驚いた顔の中村や高倉には目もくれず、伊月に鋭い声で指示を出す。

「伊月君、学生のサンプルの中から、高見優衣のを探して！　血液じゃなくて、自分たちで抽出させたDNAサンプルが残ってるはずだから」

　あまりの勢いに気圧され、伊月は弾かれたように立ち上がる。

「た、たかみ、ゆい？」

「そう。毛髪のDNAと並べて、大急ぎで解析して！」

「わ、わかりました」

　伊月が承知すると、ミチルは手帳を抱えたまま、出来うる限り足早に、図書館に向かった。

　高見優衣……その名前を見た瞬間、ミチルの脳裡《のうり》に蘇ってきたものがあったのだ。

（高見さん……。私の記憶が確かだったら、それは）

　図書館の二階の一角には、大学が発行したすべての書籍が収められた書棚がある。当然、卒業アルバムも、一期生からすべて保管されている。

　ミチルは慌ただしく、昨年の卒業アルバムを探し出し、閲覧テーブルの上で開いた。

（高見さん、高見優衣さんは……）

卒業生がひとりひとり写ったページを開いたが、そこに「高見優衣」という名はない。

（おかしいわ。確かにこの学年のはずなのに）

「あっ」

そこが図書館であることを忘れ、ミチルは思わず声を上げてしまった。

高見優衣の写真は、個別写真最後のページに、しかも「一緒に卒業できなかった同窓生」というコーナーにまとめられた中にあったのだ。

「あの子……何があったのかしら」

呟きながら、ミチルは人差し指でそっと高見優衣の笑顔の写真に触れた。

ふっくらした頬、大きくはないが人懐っこそうな黒目がちの目、愛嬌のあるいつも笑っているような唇、マッシュボブに切りそろえた黒髪。

そのやや童顔な彼女の面差しに、ミチルは覚えがあった。

毎年、百人を超えるポリクリの学生が順番に週替わりで回ってくるので、正直、年々飽きてきて、ほとんどの学生は記憶の上層を滑って消えていく。

だが数人は印象深い学生がいて、優衣はそのうちの一人だった。

無論、真面目に実験に取り組んでくれたこともあるが、ミチルの記憶に引っかかっていた優衣は、実習中の明るい彼女ではなく、酷く沈んだ顔をしていた。

もう六年生になり、国家試験の勉強に本腰を入れなくてはならない夏の暑い日に、彼女はふらりと法医学教室にミチルを訪ねてきたのである。

そんなことは初めてではなかったので、ミチルは実験の手を休めず、「なあに？」と水を向けたことを覚えている。

「先生は、死んだ人をいっぱい見てきたんですよね」

てっきり勉強の悩みを相談されるとばかり思っていたミチルは、驚いてピペットマンを持ったまま優衣を見た。

一年前、ポリクリで回って来たときより痩せた気がする優衣は、パフスリーブから伸びる二の腕を撫でながら、ミチルを見返す。

「そうだけど、何？」

問い返したミチルに、優衣はまたもや問いかけた。

「自殺した人とかも？」

「いいえ、自殺は司法解剖にはあんまり回ってこないから。監察医務室のほうでは、それなりに……だけど。それがどうかした？」

物騒な質問に、ミチルはピペットマンを机に置き、椅子を回転させて身体ごと優衣のほうを見た。

死にまつわる話なら、真剣に聞かざるを得ないと思ったのだ。

優衣は、どこか沈んだ表情で目を伏せ、呟くように言った。

「自殺した友達が、いて」

「……そうなの？」

優衣はこっくり頷き、両手の指を組んだり解いたりしながら言葉を継いだ。

「仲違《なかたが》いしてて……その間にその人につらいことがあったのに、私、知らなくて」

「うん」

「だから、連絡来てもウザイと思って取り合わずにいたんです。実習も勉強も忙しかったし、あっちはフリーターで暇だし、夢ばっか語られてもウザイし、イライラするから」

ミチルはただ頷いて、先を促す。優衣は、ギュッと組み合わせた指を口元に当て、祈るような姿勢で打ち明けた。

「そしたら、知らないうちに、その人、自殺しちゃって。私に、形見の品を……ずっと好きだった証拠だよって、送ってきたんです。そこで初めて私、その人に大変なことが起こってたって知って、どれだけ病んでたか知って、悪くて……」

「高見さん、それは仕方ないわよ。誰だって疎遠になった友達はいるし、心が離れてる間にあっちに不幸があったって、そりゃわかんないわ」

ミチルは慰めようとしたが、優衣は力なく首を振った。

「仕方ないってみんな言うけど、私、医者になろうとしてるのに。患者さんを助けなきゃいけない仕事の人になろうとしてるのに、友達を面倒くさがって見殺しにしちゃって……。きっと何度も連絡してきてたのは、私に助けを求めてたのに、無視した。友達が少ない人だって知ってたのに、助けてあげなかった。……苦しいんです」

優衣の目から涙がこぼれ落ちるのを、ミチルはひたすら困惑して見ていた。

「だけど、それは……」

「私がちゃんと相手をしてあげていたら、死ななかったかもしれないって、悪かったって思います。でも私……だからっていって、その人のこと、前と同じように好きになれないんです。あっちは、私を好きな気持ちを抱いたまま死んじゃったのに、私、つらい、申し訳ないって思うのに、好きだったとは言ってあげられない」

「……うん」

言葉を失うミチルをよそに、優衣はボロボロ涙をこぼしながら、堰《せき》を切ったように訴えた。

「私、酷いんです。その子が死んだことより、自分がそのせいで人でなしになっちゃったことがつらい。そういう自分が、すっごく嫌」

「……………」

「毎日毎日、そのことばっかり考えちゃって、眠れないし、食べられないし、医者になる資格なんかないって思うし、でもここまできてやめるなんて親にはとても言えないし……もう、死にたい」

絞り出した最後の言葉に、ミチルは顔色を変えた。優衣の腕をさすって落ちつかせようとしながら、極力穏やかに声を掛ける。

「思い詰めないで。人間、気持ちに嘘はつけないし、二人の人が、同じだけ想い合うなんて……そんなドラマみたいなことは、そうそうないわよ」

「……っ」

優衣はしゃくり上げながら、いやいやをするようにかぶりを振った。

「それに、誰にだって、人生に一つや二つ、取り返しのつかない間違いはある。もう何もかもおしまいだって思うときは、みんなにあるの。どうにかして今をやり過ごせば、後になって、振り返っても大丈夫な記憶になるものだから」

「……でも、私のは違います。私が酷いんだもの。私が最低なんだもの」

「そんなことない。生きてさえいれば、必ずよかったなって思うときがあるわ。生きてさえいれば、誰かを助けられる日だって来るかもしれない」

ミチルがそう諭しても、優衣は頑《かたく》なに頷こうとはしない。

「今、下宿？　帰省は？」

「下宿です。予備校の夏期講習があるから、この夏は実家には帰らないって言ってあるので」

「……そう。ねえ、私はカウンセリングの教育は受けてないの。だから、私には気休めしか言ってあげられないわ。客観的に見て、あなたにはプロの助けが必要だと思う」

「……プロ？」

「心療内科。私の同級生がいるから、診てもらって、じっくり話を聞いてもらって、死にたい気持ちをやり過ごそう？」

「でも……」

「心療内科の先生は、学生相手でも、ちゃんと秘密は守るから。こういうとき、ずっとひとりで悩んでちゃ駄目よ。どんどん思い詰めちゃう。ね？」

再度促すと、優衣は小さく頷き、承諾の意を示した。

（そうだわ……。それで、心療内科へ行った清水《しみず》君に電話して、すぐに診察してもらうことになったんだ）

診療時間外だったので、外来は薄暗くガランとしていて、優衣の背中を抱くようにしてそこへ連れていったとき、自分まで酷く心細くなったことをミチルは思い出した。

「大丈夫だよ、あとは任せて」

心療内科独特のやたら温かな笑顔でそう言って、学生時代より遥かに頼もしくなった同級生は、優衣を連れて面談室と書かれたいわゆる診察室へ消えていった。

それを確かめて、ミチルは教室へ戻り……そして……。

「わすれて、しまったんだわ」

微かに動いた唇から、苦い呟きがこぼれ落ちた。

その日のうちに、心療内科での主治医となった清水からは「友人の死と、国試に向けてのプレッシャーで、不安定になっているんだろう。しばらく、服薬で様子を見る」と報告を受け、ミチルはこれで大丈夫だと安心してしまったのだ。

専門の医師に託した以上、門外漢の自分が口を出すべきではないと思ったし、それ以降、優衣が教室に現れることもなかったので、きっと適切な治療を受け、窮地を脱したのだろうと思った。

だから……日々の忙しさに紛れ、優衣のことは、長期記憶の奥へ奥へと押し込まれてしまったのだ。

（まさか……でも、そんな）

卒業アルバムを棚に戻すと、ミチルは悪い夢でも見ているような気分で図書館を出た。

すぐ近くにあるリハビリ科の受付で内線電話を使わせてもらい、心療内科の清水に連絡を取る。

『やあ、久しぶり。まだ法医にいるのかよ』

そんな明るい声で出てきた同級生に、ミチルは震える声を励まして、高見優衣の消息を訊ねた。

『高見優衣？　ちょっと待って……ああ、あの学生だった子！　ああ……そっか』

快活だった清水の声が、急に低くなる。

『あの子ね、鬱の症状が上手くコントロールできなくて、結局、休学してご両親が実家に連れて帰ったんだよ。で、地元の病院に紹介状を書いたんだけど……』

「だけど？」

『あちらの主治医から、残念ながら、ご両親が留守にして目を離した隙に、首吊り自殺をしたと聞いてる』

清水の声が、酷く遠くから聞こえてくるような気がした。

『伏野？　それがどうかしたか？』

怪訝そうに問いかける同級生に答えることもできず、ミチルはただ呆然と立ち尽くす。その手から、受話器が滑り落ち、カウンターに当たって耳障りな音を立てた……。


「思い出したんですね」

前回と同じ取り調べ室で、再び中村と筧の立ち会いの下、今度はミチルと二人で差し向かいに座った中島大介は、穏やかに微笑んでそう言った。

こちらは対照的に硬い表情のミチルは頷き、「高見優衣さん。あなたが送ってきた毛髪のDNAは、彼女の血液のDNAと一致したわ」と低い声で告げた。

　腰紐を解かれ、手錠も外されている中島は、とても落ちついて、むしろどこか嬉しそうに見えた。

「彼女が自殺したこと、知らなかった。それに、もしかして、彼女が言っていた『疎遠になった友達』って、佐川利雄さんのことなの？」

　ミチルの問いかけに、中島は頷く代わりに遠い目をした。

「そうです。……僕と佐川が優衣ちゃんに出会ったのは、専門学校二年の夏でした。卒業制作の短編映画のヒロインを探していたとき、佐川が凄く可愛い子がいるってマクドナルドで言いだして。見たら本当に可愛かった。それが彼女でした」

「それで、ヒロイン役になってもらったの？」

「ええ。言い出しっぺの佐川がとても言えないって言うので、僕がお願いしました。医学部って聞いてびっくりしましたけど、まだ一年だから暇だって言って、恥ずかしがりながらもOKしてくれました」

「そんな出会いだったんだ……。優衣ちゃん、美人タイプじゃなかったけど、明るくて可愛い子だったものね」

　机の上で両手の指を緩く組み合わせ、中島は楽しい昔話でもしているような笑顔を見せた。

「ええ。撮影に協力だけしてくれればって言ってたのに、彼女、映画作りにも興味を持ってくれて、時間があればスタジオに来て、リフォームも少し手伝ってくれました。可愛い女の子がひとり増えただけで、なんだかみんな浮かれましてね。楽しかったなあ。ちなみに、先生に送った毛髪は、撮影現場で彼女が使ったヘアブラシから採ったんですよ。よくDNAを抽出できましたね。さすがプロは凄い」

そんな妙に明るい中島の声を聞きながら、ミチルは息苦しそうに質問を続けた。

「彼女とのおつきあいは、卒業制作の映画を撮り終わっても続いていたの？」

中島は曖昧に頷いた。

「一応、映画を撮っていたときは、佐川が監督ってことになってたんですけど、あいつ、何しろ口下手だし、女の子とは目も合わせられないし、どっちかっていうと、演技指導は僕の仕事だったんです。だから……優衣ちゃんといちばん仲がいいのは僕だと思ってたし、映画を撮り終えたら、付き合って欲しいと告白するつもりでした。だけど……いやあ、僕も若かったです。女の子は、寡黙な男がよかったりするんですよね」

「それって、佐川さん？」

「そうです。あいつだけは大丈夫だろうって思ってた奴に、僕ら三人とも出し抜かれました。悔しかったけど、優衣ちゃんが、佐川がなかなか表に出せない、特撮に対する情熱とか、凄く純情なところとかをわかってやってくれてて、それは凄く嬉しかったなあ。だから、心から祝福しましたよ。それに僕は東京へ行ったんで、諦めがつきましたしね」

「それからは……？　佐川さんと高見さんは、いったい何故、疎遠になったの？　遠くにいたはずのあなたが、それにどう関わってるの？」

ミチルは探るように問いかける。それには、中島はすぐに答えようとはしなかった。

遠い記憶をゆっくりとたぐり寄せるような沈黙の中、筆記係がペンを走らせる硬質な音がBGMのように流れている。

やがて深く嘆息して、中島は辛い告白を始めた。

「卒業後、離ればなれになっても、僕と佐川の関係は良好でした。インターネット上でしょっちゅう会話していましたし、物や情報のやり取りもありました。でも、すべてが一気に崩れたのは、卒業して二年後、優衣ちゃんが東京に遊びに来た時です。誓って言いますが、僕は懐かしい友人として、彼女を誘ってあちこち案内したり、食事をしたりしただけです。やましいことは何もなかった。でも、それを知った佐川は、激怒しました。あいつ、たまに感情が爆発すると、手が付けられなくなるんです」

「それは、佐川さんの親御さんも言うとった。えらい不安定なとこがあったみたいやな」

中村警部補が口を挟むと、中島は虚《うつ》ろな目をそちらへ向け、ゆるゆると頷いた。

「そうです。あいつは、僕たちがどう説明しても耳を貸さなかった。僕と優衣ちゃんを裏切り者呼ばわりして、怒り狂いました。そして、あいつは彼女に暴力を振るったんです。優衣ちゃんからそれを聞いて、僕は彼女に佐川と別れるよう強く勧めました。僕もあいつと、つきあいを断ちました」

今度は筧が、遠慮がちに問いを挟む。

「じゃあ、最初に会ったとき僕らに言うた、佐川さんが会社に入れろてねじ込んできたから仲違いしたっちゅうんは……」

「嘘です、すみません。まだ、彼女の話をしたくなかったもので。でも、後で誤解を招くようなことをした自分にも非があると思って、佐川と和解しようと忘年会を企画したことは事実です。佐川も、行くと言ってくれていました」

短く謝罪して、中島はミチルに視線を戻した。

「優衣ちゃんのほうは、関係の修復は不可能でした。別れ話を切り出したとき、佐川は泣いて縋《すが》ったそうですが、彼女はそれを徹底的に拒絶しました。暴力を振るわれたときの恐怖が甦《よみがえ》り、思わず、私の前から永遠に消えて……と口走ったそうです。随分後になって、彼女自身からそれを聞きました」

「それって、まさか……。佐川さんは、それが原因で、ホームから転落を？」

身を乗り出そうとするミチルの前に手をかざし、筧がさりげなく窘める。中島はそれをぼんやりと見ながら、曖昧に頷いた。

「ええ。入院中のあいつを見舞ったとき、言われました。電車がホームに入ってくるのをぼんやり見ていたら、優衣ちゃんの声が聞こえたと。私の前から永遠に消えて……その声に突き飛ばされるみたいに、身体が勝手にホームから飛び降りていたそうです。でも、警察の人にそんなことを言うわけにいかないので、事故だと言い直したんでしょう」

「なるほど、そういうことか……。そんで？　それから、あんたと……その、高見さんっちゅう人は、どうなったんや？」

中村警部補は、焦れたように問い詰める。中島は湯呑みに入ったお茶を一口だけ飲み、ボソボソと話を続けた。

「優衣ちゃんはとっくに携帯の番号を変え、下宿も変わって、佐川とは完全に連絡を絶っていました。僕は彼女の連絡先を知っていましたが、佐川の怪我のことは言いませんでした。知れば、優しい彼女はきっと、自分の吐いた暴言を思い出す。せっかくあいつのことを忘れて楽しい大学生活を送っているのに、そんなことで苦しめたくなかったんです。僕自身は特殊メイクの勉強のため渡米してからも、退院した後の佐川と、本当はたまに連絡を取っていました。あいつ、右腕をなくしてから、偏屈ぶりにどんどん拍車が掛かって……ネット上の会話でも、被害妄想じみたことを言うようになりました。確実に病んでました」

三角関係ですらなかった恋人たちとその友人。その関係が疑心暗鬼で壊れた途端、すべてのことが悪夢のようにきしみ始めるさまを、中島は何度も語り慣れた物語のように口にする。

室内の空気の粘度が急に上がった気がして、筧は思わずネクタイを僅かに緩めた。

「だけど慣れないアメリカ生活で、僕だっていっぱいいっぱいだったんです。勉強することはたくさんあるし、そもそも英語ばっかり喋らなきゃいけないしで、毎日必死でした。だから、佐川のことも優衣ちゃんのことも、薄情だけどちゃんと考える余裕がなくて……。後になって知ったんです。佐川が私立探偵を使って優衣ちゃんの居場所を突き止めて、何度も会ってくれって電話していたことを。一度は新しい下宿に押しかけて、エントランスで管理人に見咎《みとが》められ、撃退されたことまであったとか」

「……でも高見さんは、決して佐川さんに会わなかった。そして心を病んだ佐川さんは、ついに自分が改装したスタジオで自殺したのね？」

中島はごく小さく顎を上下させ、左手で、自分の右腕をさすった。

「あいつが死んでしばらくした頃、アメリカにいる僕に、動揺しまくった優衣ちゃんから電話がありました。優衣ちゃんあてに……佐川から、干涸らびた右腕と一緒に手紙が送られてきたと。あいつ、こともあろうに自分の腕をミイラにして、遺書めいた手紙を添えて、彼女に送ったんです。きっと業者を使って、死後しばらくしてから届くように手配したんでしょう」

うえっと、中村の喉が奇妙な音を立てた。おそらく、その光景をリアルに想像してしまったに違いない。

筧も、吐き気がこみ上げてきて、思わず口元を覆った。

だが中島は、むしろ怒ったような顔で、幾分荒々しく言葉を吐き出した。

「僕は無理矢理休みをもらって、すぐに一時帰国しました。優衣ちゃんを訪ねたんです。ミイラと、酷く乱れた字で書かれた手紙を、見せてもらいました。『君に言われたから、この世から消えようと思ったけれど、一度は失敗してしまった。でも君の望みだから、今度こそ成功してみせる。殴ったことは悪かった。でも、ずっと君のことが好きだった。本気だった証《あかし》に、電車に飛び込んでちぎれた腕を送ります』……そんな内容でした」

ああ、と掠れ声で言って、ミチルは思わず両手で顔を覆った。涙は出なかったが、遅すぎる後悔で、胸が締め付けられるようだった。

「高見さんが言ってた、疎遠だった友達が遺した形見の品って……佐川さんの右腕のミイラだったのね？　ずっと好きだった証拠って、彼女、言ってた……」

「そうです。彼女は……さすが医学生というべきか、気丈でした。普通の女の子ならすぐに警察に駆け込んだでしょうし、僕も、そうするべきだと言いました。でも彼女は……警察沙汰にしたくない、親に心配をかけたくないと言いました。佐川は死んだんだし、これ以上はもう何も起こらないと。ただ、佐川のミイラが手元にあることだけは耐えられないと言うので、僕が預かることにしたんです」

「預かるて……ほな、みすみす警察に届けんまま、その高見さんを放っておいたんかいな、あんたは！」

中村の声には憤りが滲《にじ》んでいる。しかしそれを視線で制して、ミチルは中島が再び語り出すのを待った。

長い沈黙の後、項垂れていた中島は、ミチルを真っ直ぐに見た。

「彼女の傍にいてあげたかった。でも僕は、すぐにアメリカに戻らなくてはならなくて……。どうしても警察に届けるのが嫌なら、せめて信頼できる人に、可能な範囲で悩みを打ち明けて、支えてもらってくれと言いました。彼女もそうすると約束してくれたので、僕は東京の自宅に佐川の腕のミイラをしまい込んで、アメリカに戻ったんです。……伏野先生。優衣ちゃんが選んだ『信頼できる人』は、先生でした」

「…………ッ」

ミチルの肩が大きく震える。中島は眼鏡を外し、ミチルを見据えて言った。

「法医学の先生になら、ミイラの話を打ち明けられるかもしれない、実習のときにも、親身になって指導してくれた人だから……そう思って、優衣ちゃんは先生を訪ねたんです。でも、なかなか切り出せずにいるうちに、感情が高ぶって。それを心配した先生に、心療内科へ連れていかれてしまった」

「それは……！」

「いえ、責めてるんじゃないです。彼女は電話で、そのことにはとても感謝してました。ミイラのことは言えなかったけど、励ましてもらった。生きてればいいことがある、今さえ切り抜ければ、きっと大丈夫だって言ってもらった。だから治療を受けようと思う……そう言ってました。でも、駄目だった。僕が帰国したときには、優衣ちゃんはご両親の下に引き取られていて、僕は彼女に会わせてもらえなかった。娘から事情を聞いたご両親は、佐川に関わるすべてから、彼女を切り離して守ろうとしておられたんです」

「……でも、駄目だった」

中島の言葉を、ミチルは力なく繰り返す。

「そう、駄目でした。僕が手を拱《こまね》いているうちに、彼女はみずから死んでしまった。ただ、たまに繋がった電話で、彼女は最後まで言ってました。法医学の先生が、生きてればいいことがあるって言うんだから、きっとそうなんだ……と」

「………」

ミチルはゆっくりと、顔から手を離し、中島の顔を見た。その目は赤く充血していたが、頬に涙はなかった。

「あなたが私と伊月君をあの暗闇に連れ込んだのは」

中島は、ゆっくりと頷いた。

「優衣ちゃんはずっと佐川の遺したどす黒い愛情に怯え、もがいていた……。そこに僕がほんの少しだけ救いの手を差し延べ、彼女はあなたの励ましという微かな光を摑んだ。彼女の思いを少しでも追体験してほしくて、僕はあの『暗闇の即興劇』の舞台を作り上げたんです」

中島の繊細そうな両手が、手のひらを上にして、ゆっくりと持ち上がる。

「あの闇は、佐川の病んだ心。優衣ちゃんはあなた、僕が伊月先生。……そして、微かな光が、あなたのスマホ。もっとも伊月先生は、救いというより、あなたの足を引っ張る存在でしたけど」

中島は小さく笑うと、上げた両手を自分の胸元に当てた。

「小さなスマホの光にあなたが救いと希望を見いだしたように、優衣ちゃんも、ずっとあなたの言葉を支えに、いつか佐川の影から抜け出せる日が来ると信じていました。……でも結局、あなたの言葉は、一時的に彼女を死から遠ざけただけだ。彼女は長く苦しみ、もがき、ついに自殺してしまった」

「私は……」

何か言いかけたミチルにかぶりを振ってみせ、中島は「違うんです」と言った。

「悪いのは、僕です。故意ではないにせよ、三人の関係が崩れるきっかけを作ったのは、僕だった。それなのに僕は、佐川を救えず、優衣ちゃんも救えなかった。佐川はともかく……僕が自分の夢とキャリアを捨てる勇気があれば、優衣ちゃんは救えたはずなんです。罪を負うべきは僕です。だけど僕は、あなたには、罪以外のものを背負ってほしかった」

「罪以外のものを……」

ミチルの目を見据えて、中島は懇願するように訴えた。

「優衣ちゃんのこと、二度と忘れないでやってください。先生が優衣ちゃんに小さな光をあげて、それを優衣ちゃんは死ぬまで信じていたことを、覚えていてください。そして、先生の言葉が遅らせた彼女の死を……彼女が頑張って、苦しんで、結局本当の光を得られないまま過ごした日々に、意味を与えてやってください。それが、僕の身勝手なお願いです」

静かに言い終えて、中島はミチルに一礼した。

中村も筧も何も言えず、ただ見守るしかない中、ミチルはゆっくりと言葉を探しながら話し始めた。

「正直、まだ動揺してるの。私はあのとき、心から高見さんの自殺を止めたいと思ったし、生きていればきっといいことがあるって言った、その言葉にも嘘はない。だから、彼女が自殺したことにも、自分が彼女のことを忘れていたことにも、凄くショックを受けたわ。今もそう。あのときの自分の言葉が本当に正しかったのか、ずっと迷い続けながら、ここに来たの」

　そこで言葉を切り、ミチルは大きく深呼吸した。そして、腹に力を入れ、強い口調でこう言った。

「でも……今は、無理に答えを出さないでいようと思う。私の言葉が彼女にとって光になった。そのことを誇りに思いながら、彼女が私の言葉を支えに生きようと、必死に頑張ってくれた日々の意味を、ずっと考えていくわ。法医学者として、生きることも死ぬことも、どちらも大事に思いながら、彼女を忘れずに生きていく。……それでいい？」

「十分です。僕も、佐川と優衣ちゃんにどうすれば償えるのか、それを考えて生きていきます。先生がずっと、優衣ちゃんが見た光のままでいてくれること……祈ってます」

　どこか晴れやかな声でそう言って、中島はミチルに微笑みかける。ミチルは立ち上がると、そんな中島に深く頭を下げた……。

　ミチルと中島の会話をマジックミラー越しに見聞きしていた都筑は、横で痛ましげに二人を見守っている伊月の肩を、ポンと叩いた。

「僕がおったら彼女も色々気まずいやろし、先に大学に戻るわ。今日はもう二人とも戻ってこんでええから、ぱーっと気晴らしでもしてきいな」

伊月は、しんみり笑って頷く。

「わかりました。憂さ晴らしに付き合って、ぱーっとやってきます」

「うん。あとは弟分に任せたで」

そう言って狭苦しい部屋を出て行こうとした都筑に、伊月はふと声を掛けた。

「都筑先生、前に言ってた池魚の殃ってやつですけど。災難がどうとかいう」

「うん」

「あれ、もし、池に落ちた珠がすぐ見つかったら、水を全部汲み出す必要はなかったし、魚も死なかったんですよね」

「……せやなあ」

不思議そうな顔をしつつも、都筑はドアノブに手を掛けたままで頷く。

伊月は考えながら、こう言った。

「だったらもし、池に落とした珠を、池の魚が飲み込んでて、そのせいで見つからなかったんだとしたら……それ、巻き添えと自業自得が半々くらいになっちまいますよね」

「……うん」

「なんだか、今のミチルさんは、珠を飲み込んだ魚なんだなって思ったんです」

都筑は、面白そうに小さな双眸をパチパチさせる。

「ほな、何かいな、君は巻き添えを食って死んだ魚か？」

「まあ、拉致監禁の件だけとれば、そうなんですけど、今度のこと、トータルに考えれば……」

「考えれば？」

「ミチルさんは、珠を飲み込んだまま、隣の池に飛び込んで生き延びる魚なのかなって。勿論、俺もくっついてって。……で、きっとまた、別の珠を飲み込む。俺もきっとそのうち、ごっくんってやっちまうんだろうなと」

「……何や、それ」

伊月は一生懸命言葉を探して、彼にしては珍しく、真摯な面持ちで言った。

「上手く言えないですけど、珠って、俺たちにとっては、死んだ人が抱えてた苦しみとか悲しみとかなのかなって思うんですよ。時々、それの特大サイズのやつを飲み込んで、死ぬほど苦しんで、でもまた死んだ人に向き合って……。この仕事を選ぶって、そういうことなのかなって、ちょっと怖くなりました、俺」

「……君は院生やから、まだ逃げられるで？」

都筑は笑みを含んだ軽い調子で、からかうようにそう言う。

伊月も、ニッと笑って軽口を返す。

「俺、これでも男ですからね。女のミチルさんがやれてることを、俺がやれないとかありえないですから」

「さよか。……頼りにしてんで、末っ子改め、長男坊」

少しずつではあるが、確実に成長し、徐々に法医学者の顔になっていく伊月を頼もしそうに見やり、都筑は扉の向こうに消える。

「お。レベルアップしたな、俺。長男か。そっか、森君より年上なんだから、長男だな。よし！」

伊月は満足げに頷くと、気合いを入れて、両手を打ち合わせた。

中島との面会を終え、筧に送られてミチルと伊月がT署を出る頃には、町並みは夕焼けの色に染まっていた。

「ハウスシェアも、今日で解消ね。楽しかったから、ちょっと残念。長らくお世話になりました」

　そう言って頭を下げるミチルに、篁は伊月に目配せしてこう言った。

「解消は、明日の朝にしませんか」

「え？　だけど……」

「今日までは僕、本件専従なんで、定時に上がります。せやから……三人で晩飯食うて、トランプしましょう。僕、こないだのド貧民の信じられへん負けを、どないしても取り返したいんで！」

　不器用に自分を励まそうとする篁の優しさを感じて、疲労が滲んでいたミチルの顔に、ゆっくりと笑みが広がっていく。

「家主の篁君がそう言ってくれるんなら、お言葉に甘えるわ」

「はい、今日くらいは甘えてください。タカちゃん、僕はもうちょっと仕事あるし、伏野先生を家までエスコート、頼むで」

「おう、任せとけ。エスコートの途中に、ゲーセンでぱーっと遊んでいくけどな」

　伊月の景気の良すぎる発言に、ミチルは慌てた様子で首を横に振る。

「ちょっと、私はゲーセンなんて……」

「甘やかしの一環っすよ！　ミチルさんがクソほど下手なクレーンゲームのコツ、特別に教えてあげますし」

「そんな甘やかし、要らない！　それより、仕事に戻らないと」

「さぼれるときは、さぼる！　長男がそう決めたんで、今日はゲーセンです！」

そう言うとミチルのコートの袖《そで》を引き、伊月はズカズカと歩き出す。

「ええっ？　長男って何よぉ」

不服を言いつつ、それでも伊月の優しさを感じとっているのか、ミチルは引っ張られるがままに歩き出す。

目の前に沈んでいく大きな夕日に目を細めながら、筧はそんな二人の姿が見えなくなるまで見送っていた……。

締めの飯食う人々

翌日、伊月はO医大ではなく、兵庫県監察医務室にいた。

週に一度の、常勤監察医、龍村泰彦の助手として解剖の腕を磨く「修業の日」である。

昨夜は遅くまで筧とミチルと共にトランプゲームに興じていたので、寝不足もいいところだったが、鬼教官の龍村の前では、眠気などたちまち雲散霧消《うんさんむしょう》する。

朝から二人で五体の解剖をこなし、午後二時過ぎになって、ようやく一息ついた二人は、準備室で昼食を摂っていた。

今日は事務員の田中が仕事を早退するお詫びにと作ってきてくれた巻き寿司が、二人の前にピラミッド形に積み上げられている。

田中の姿はもうなかったが、準備室の簡易キッチンには、味噌汁まで作ってあった。なかなかに心豊かになれる食事である。

「そうか、あの事件が、そんなことになっていたのか」

伊月から拉致監禁事件の顚末《てんまつ》をかいつまんで聞かされ、さすがの龍村も、意外過ぎる結末に驚いた様子だった。

「しかし、そこで突きつけられたものから逃げずに、しっかり背負っていけるのが、あいつのいいところだ」

「ですよねえ……。俺だったら、ちょっと逃げちゃうかも」

「どうだか。お前はビビリのくせに意地っ張りだからな。逃げてもすぐ戻ってきそうな気がするぞ」

「それ、褒めてるんですか？」

「褒めてなどいない。逃げないほうがいいに決まっているだろうが」

「デスヨネー」

言い返せない悔しさを肩を竦めてやり過ごし、伊月はナメコと三つ葉の味噌汁を一口飲んでから話題を変えた。

「それよか龍村先生、ちょっといいっすか」

龍村は、大きな口を開けて巻き寿司を一口で頰張り、不明瞭な声を出した。

「うん？」

伊月は箸を置き、こう切り出した。

「こないだの続きなんですけど」

「こないだ？　何の話だったかな」

「誰もが生きる権利と死ぬ権利を等しく持ってるって話」

「……ああ」

龍村も口の中の寿司を味噌汁で流し込み、伊月の顔を見た。

「何だ、まだその話題を引きずっていたのか。お前、なかなかに執念深いな」

「そこは、思慮深いって言ってくださいよ。何となく、あの事件のせいで、また自殺について考え込んじゃって、俺」

「……ああ、そういうことか」

「なので、ちょっとだけ質問いいですか？」

龍村は、軽く頷く。

「構わんよ。何だ？」

伊月はやや躊躇しながらも、龍村の四角い顔をテーブル越しに見据え、真剣な顔で問いかけた。

「先生は、自殺した人に『生きるべきだった』とは一概に言えない……みたいなこと言ってましたけど、もし、先生の身内とか友達とか学生が自殺しようとしてたら、止めないですか？　ミチルさんみたいに、励ましちゃったりはしないですか？」

「ふむ」

龍村も伊月に負けず劣らずの真摯な表情でしばらく考え、ハッキリと「止める」と答えた。

「えええ!?」

伊月は、綺麗に整えた眉をギュッとひそめる。

「龍村先生の意見じゃ、相手に死ぬ権利があるのに？　止めちゃったら、権利の侵害じゃないですか」

「答える前に訊いておくが、お前、僕を意地悪でやり込めようとしているわけじゃないんだろうな？」

「当たり前でしょ。俺、そこまで根性曲がってないっすよ」

「そうだな。悪かった」

さすがに気を悪くした様子の伊月に素直に謝り、龍村は熱い緑茶を一口飲んでからこう言った。

「確かに、そうだ。人には死ぬ権利がある。それを侵害するつもりはない。だが、それは本当に今でなくてはならないのかと問うことは、許されるんじゃないか？」

「あ……」

伊月は片手に巻き寿司を持ったまま、呆気にとられたような顔をする。

龍村は、顔の半分だけでホロリと笑った。

「思いもよらなかったという顔だな。お前は絵に描いたような『今どき』と見せかけて、ずいぶんと直情径行タイプと見える」

「そ……それ、貶されてますかね」

「七割ほどの割合で褒めている。三割は、意外と融通が利かないタイプなんだなと貶している」

実に明確に説明してから、龍村はこう続けた。

「人は、死ぬまで一日一日を生き続ける。たとえどんなにささやかでも、毎日、新しいこと、意外なことが起こる。つまり……人生に、やり直すチャンスは、何度もあるわけだ」

「……はい」

「だが、死ぬことが出来るのは、生涯でただ一度だけだろう？」

「あ……」

「死だけは、やり直しがきかんのだ。だからこそ、本当に今がそのタイミングなのか？　今が本当に、お前の人生を終わらせるべき時なのか……と、僕はまず問うだろうな」

伊月は、ゴクリと生唾《なまつば》を飲む。

「もし、今だって言われたら？」

「それをもう少しだけ引き延ばすために、僕が出来ることはないだろうか……と問う。何か、せめて明日の朝まで考える時間を作るために、僕が出来ることはないかと。話し相手でも、酒の相手でも、ただ傍にいるだけでも、何でもいいからと」

「…………」

「無論、僕には大したことは出来ないし、この先いいことがあると保証してやることもできない。それでもそんな我が儘を言いたくなるくらいには、お前にこの世にいてほしい。そう伝える努力をするよ。それでも死ぬと言われたら、もう制止する権利は僕にはないがな」

龍村は口を噤み、もう一つ巻き寿司を口に放り込む。伊月はしばらく黙りこくっていたが、やがてただ一言「ずるい」と恨めしげに言った。

思わぬ反応に、龍村は右眉だけを器用に上げる。

「何だ、それは」

伊月は駄々っ子のような膨れっ面で、龍村を睨む。

「すっげえかっこいいのがずるい！」

「何を言ってる」

龍村は苦笑いして、今度は伊月に水を向けた。

「では、お前ならどうする？　近しい人間がみずから死のうとしていたら、お前なら何と言う？」

「俺は……」

伊月は、一呼吸おいて答えた。

「俺は、何も言わないです。そんな気の利いた台詞、咄嗟に出てこないっすもん」

「それでは、相手にみすみす死なれてしまうぞ」

「だから……ええと」

「うむ、どうする？」

答えを促され、真剣に数秒考えた伊月は、きっぱり宣言した。

「俺、ガン泣きします」

「……えっ？」

珍しいほど拍子抜けした声を出す龍村に、伊月は恥ずかしがりながらも訥々《とつとつ》と付け加えた。

「恥ずかしいけど、他に何もできないと思うんで。筧とかミチルさんとか……まあ、たぶん龍村先生もですけど、もし死のうとしてたら、俺、服の端っこ摑んで、爆泣きするしかないです」

「……そうか」

男が泣くなと叱責《しっせき》されるかと思いきや、龍村はほろりと笑った。伊月は、決まり悪そうに口を尖らせる。

「どんだけ頭悪いんだって感じですけどね」

「そうでもないさ。涙はいつだって、言葉に勝る。そういうときの涙はきっと、値千金だ」

「う……」

「誰かが、自分の命を惜しんで泣いてくれるなら、その涙の分くらいは生きてみようかと……思えるんじゃないか。少なくとも、僕はそうだ」

龍村の言葉には、真心がこもっているのがわかる。伊月はホッとしたように、いつの間にか力の入っていた肩を上下させた。

「……ですかね」

「ああ。ただし……」

「ただし？」

「お前はくだらんことですぐにピーピー泣きそうだから、その分有難みが目減りするだろうがな」

「あああ！　せっかくいいこと言われたと思ったのに！　必ずそうやって喜ばせて落とす！」

「ほら見ろ、もう涙目だ」

「そんなことはないです！　くっそー！」

伊月が座ったままで器用に地団駄を踏んだそのとき、ノックもせずに準備室にヒョイと顔を出したのは、ミチルだった。愉快そうに笑う龍村と、顔を赤らめて憤慨する伊月を見て、小首を傾げる。

「田中さん、今日はいないのね。……こんにちは、なんだか楽しそう」

不意打ちを食らって、伊月はまだ赤い顔のままでキョトンとした。

「あれっ、ミチルさん？　何でここに？」

「昨日、言ったでしょ。都筑先生が、今日はこっちで三年生に特別講義をするって。

解剖が入らなかったから、私もお供」

「ああ、そういやそんな話でしたっけ。忘れてた。で、講義、終わったんすか？」

「うん。だから、必要ならこっちの手伝いでもしようかと思ったんだけど、休憩時間だったのね。……あ、美味しい」

ミチルはソファーの伊月の隣に腰を下ろすと、皿からヒョイと巻き寿司を取り、頰張った。

「それで、何を盛り上がってたの？」

「ああ、実は伊月が……」

「ちょ、龍村先生、その話題は……」

「別に構わんだろう。一晩経って割り切れていないようなウジウジした奴じゃないさ、こいつは」

そう言って龍村は、さっきまでの伊月とのやりとりをミチルに語って聞かせた。

昨日の今日なので、伊月はヒヤヒヤして見守ったが、ミチルは「ふうん」と、伊月のお茶まで奪って飲みつつ、面白そうに耳を傾け、あっけらかんとした笑顔でこう言った。

「どっちのやり方も、らしくていいんじゃない？」

「そういうお前はどうなんだ？　昨日の件で、何か考えが変わったのか？」

龍村にそう言われて、ミチルはしばらく考え、肩を竦めた。

「別に。何も変わらないし、そんなの、ケースバイケースでしょ。私は聖人君子じゃないから、死ねばいいのにって思ってる奴が死のうとしてたら、ダチョウ倶楽部並みの素早さで『どうぞどうぞ』って言っちゃうわよ」

「うわ、ひでえ。つか、ずるいっすよ、ケースバイケースなんて」

伊月はソファーに深くもたれ、細くて長い脚と腕を同時に組んだ。

龍村も面白そうに問いを重ねる。

「だったら、対象を絞ってやろう。僕か伊月が自殺しようとしていたら、どうする？」

するとミチルは、何の迷いもなく即答した。

「殴《なぐ》る」

「ひっ」

「な、殴る？」

伊月と龍村が軽くのけぞる中、ミチルは常識を語るような口調で「うん」と言った。

「当たり前でしょ。私が信頼してる男二人なんだから、死んでも生きるくらいのガッツがなくてどうするのよ。死にたいなんて言いだしたら、すいません生きるんでやめてくださいって言うまで殴って殴って殴る」

「ひ……ひぃぃ」

冗談の欠片もないミチルの宣言に、伊月は奇妙な悲鳴を上げてミチルからずりずりと距離を空ける。

「ははは、喜べ、伊月。むしろ高評価を得てるんじゃないか。信頼されとるぞ、お前」

龍村は豪快に笑って、伊月の貧相な背中をバンと叩いた。そして、ミチルに片目をつぶってみせる。

ミチルはちょっと照れ臭そうに笑みを返し、龍村と伊月にペコリと頭を下げた。

「いろいろ、ありがと。……背負い損ねてた荷物をきちんと背負えたのは、周りの人たちがいてくれたからよ。ありがとう」

「おいおい、改めて礼なんぞ言われたら、尻が痒《かゆ》くなる。それより、巻き寿司を食ったからには、午後から手伝っていけ。三人でかかれば、六時には上がって、祝杯をあげに行ける」

「おっ、事件解決を祝って、龍村先生の奢《おご》りっすか？」

「現金な奴だ。だが、構わんよ。この前は中華だったから、今日はピザでも食うか」

途端に活気づく伊月の頭を軽く小突いてから、龍村はのっそりと次の解剖の電送を取りに行く。

「ちょっと。この流れなんだから、今日は私の奢りでしょ。いいわ、さっさと上がって、石窯《いしがま》焼きのぱりっぱりのピザを食べにいきましょう」

そう言うと、ミチルももう一つ巻き寿司を口に放り込み、席を立つ。

「ええっ、もう休憩終わりっすか？」

泣き言を言いつつも、伊月は勢いをつけてソファーから立ち上がった。

そして、遺体に触れるたび、死者が抱えてきたものの一端を引き受け、黙って背負ってみせる頼もしい先輩たちの背中を、静かな決意を持って追いかけたのだった……。

飯食う人々　おかわり！

――*Bonus Track*――


「ねえ、ミチルさん」

隣の席から伊月に呼びかけられ、ミチルは、蛍光マーカーで線を引き、ときおり辞書を引きながら読んでいた英語論文から視線を上げた。

「何？」

マーカーを机に置いてミチルが訊《たず》ねると、伊月はどこかゲンナリした顔で、彼女の左手を指さした。

「それ」

「ん？」

「おやつ食うのにそんなもん使う人を、初めて見ましたよ、俺」

「……ああ」

ミチルは左手に持っていたものを軽く持ち上げた。

それは、やや大きめのピンセットだった。

しかも、普通のピンセットと違い、真ん中あたりで一ヵ所、アームが上斜め向きに湾曲しており、そこから先端にかけては真っ直ぐ、しかも驚くほど細くなっている。

ミチルは、ピンセットをカチカチさせながら、あっさり答えた。

「そんなもんって、見たことない？　ルーチェだけど？」

「見たことはありますよ。ミチルさん、解剖室でたまに使ってるじゃないですか」

「うん。だけど、これは新品だから心配しないで」

「さすがにそこは心配してなかったっす。つか、そのピンセット、うちじゃミチルさんしか使ってないですよね。俺も使ってないもん。ルーチェっていうんですか」

「うん。主に耳鼻咽喉科のドクターが愛用するピンセットらしいわよ」

「あー。あの人たち、守備範囲的に細かい仕事が多そうだもんな」

「そうそう。特に耳の奥のほうを弄《いじ》るときなんかに重宝なんじゃない？　いかにもそういう造型だもの。繊細な仕事には、繊細な器具が必要よねぇ。プラモデルを作る人なんかにも、役に立つんじゃないかしら」

カチカチ。

ミチルが立てる軽やかな金属音に、伊月は苦笑いした。

「で、そんな繊細な器具で、なんでミチルさんはおやつなんか食ってるんです?」

伊月が呆れ顔で指摘したとおり、ミチルはさっきからずっと、左手に持ったピンセットで、袋の中のポテトチップスを一枚ずつ引っ張りだしては口に運んでいる。はたから見ればいささか異様な光景なのだが、当のミチルはむしろ怪訝《けげん》そうに、ピンセットと伊月の顔を交互に見た。

「何か変? だって、繊細な器具にふさわしい繊細な食べ物でしょ、ポテチ」

「まあ、たまに異様に頑丈そうな奴もありますけど、今ミチルさんが食ってんのは、ペラオブペラな奴ですよね」

「そうそう。コンソメ味」

余計な情報を提供しつつ、ミチルは袋から器用にポテトチップスを一枚、ピンセットでつまんで引っ張りだし、顔の前にかざしてみせた。

「デスクワーク中にお菓子を食べるときは、手を汚したくないのよ。それが、ピンセットを使ういちばんの理由」

「でしょうね」

言われずともわかっていると言いたげに、伊月は肩を竦《すく》める。だがミチルは、薄く波打つポテトチップスを、そんな伊月の口に突っ込み、話を続けた。

「だけど、もう一つ、これを使う理由があって。もともとは、龍村君を見習って始めたのよね」

龍村と聞いて、伊月は半ば反射的に真顔になった。背筋まで、勝手に伸びてしまっている。

新米法医学者である伊月にとっては、兵庫県監察医務室の常勤監察医であり、様々な事件を経験し、数多《あまた》の遺体に接してきた龍村は、尊敬に値する先輩であり、頼れる指導者であり、同時に、誰よりも怖い存在でもある。

伊月が毎週、監察医務室に「修業」に行くようになって以来、龍村に叱責されずに一日の仕事を終えられたことはまだない。

対して、褒められた経験は、未だ片手の指で足りる程度だ。

それゆえに、龍村の名を聞いただけで、全身に勝手に気合いが入ってしまう伊月なのである。

「龍村先生も、ピンセットでポテチ食ってんですか？」

「うん。彼は普通の鉤《かぎ》ピンを使ってたんだけどさ」

先端が鉤状になったピンセットのことを「鉤ピン」といかにも業界的な呼び方をして、ミチルはもう一枚、ポテトチップスを袋からピンセットで挟んで取り出した。

「ほら。鉤ピンだと特に、ちょっと力を入れすぎたらポテチが割れちゃうでしょう？　ピンセットを使うとき、挟む組織に合わせて最適な力のチューニングができるように、色んな食べ物をピンセットでつまんでみることにしているって、龍村君、そう言ってたの」

それを聞いて、伊月はポンと手を打った。

「なるほどー！」

「なるほど、よねえ。私も感心しちゃってさ。日常生活の色んな局面で、解剖の腕を磨くエクササイズを見つけられる人間になろうって思い立ったわけ。とはいえ、そうそう思いつきはしないから、とりあえず龍村君の真似をしているの。それに……」

ミチルは左手に持っていたピンセットを右手に持ち替え、何度か鳴らして言った。

「こうやって、両手でやるようにしていれば、ピンセットを左右の手で持ち替えても、同じクオリティの仕事ができるようになるでしょう？」

「うわー、なるほどー！」

さっきまでの呆れ顔はどこへやら、伊月はいたく感服したらしく、ほっそりした顔を両手で覆った。

「ポテチ食うのまで修業の一環ですかよ〜。すげえな、法医学の鬼」

そんな伊月を、ミチルは面白そうに見やった。

「伊月君も、お気に入りのピンセットを一本新しく自分用に買って、やってみれば？」

手から顔を上げ、伊月はやる気に満ちた顔でミチルを見返す。

「そうしようかな！　とはいえ、俺、あんまポテチたくさん食えないんですよね。おなか弱い子だから。他におすすめのつまむ対象は？」

「うーん、鉤ピンだと難しいと思うけど、私がルーチェでたまにやるのは、バウムクーヘンを一層ずつ剝離する、かなあ」

実際の光景が容易《たやす》く想像できたのだろう、伊月は顔をしかめた。

「辛気くさ！　そんな食い方してたら、バウムクーヘンが乾燥しちゃうでしょ」

「だから素速くやるのよ。監察医務室に行ってわかったでしょうけど、ときには解剖にもスピードが求められるから」

「あー、わかるわかる。一日八体を超えたあたりから、龍村先生が、こう、なんてーか、テニスでよく言う『ギアを上げる』みたいな感じになりますもん」

「そうそう。手を抜くんじゃなく、いい加減にやるんでもなく、ただスピードを上げるって、実は難しいのよね」

「わかります。俺も、龍村先生の補助やりながら、一緒にスピード上げようとして、怒られました。『お前には十年早い』って」

それを聞いたミチルは、「あら」と意外そうに瞬《まばた》きした。

「たったの十年で済んでるの？　百年とか言われると思ったんだけど」

「あ、スタートは千年でしたよ。それが百年になって、つい最近、十年になったばっかです」

「へえ。引き下げが早い！　やっぱり龍村君、伊月君のことが相当気に入ってるし、彼なりに評価してるのねえ。取られないように用心しなきゃ」

冗談めかしていても、ミチルの目は少しも笑っていない。常に人材不足の法医学業界では、新人の存在はダイヤモンドの原石以上の価値があるのだ。

しかし、当の伊月はへらへらと笑って片手を振った。

「『金を積まれても御免被《こうむ》る！』とか言いますよ、龍村先生なら。俺も嫌だし！　あーあ、あの鬼瓦みたいな顔で怒られんの怖すぎて、俺、未だに夢に見るんですよ」

伊月の微妙に上手い物真似に、ミチルは思わず噴き出す。

「好き過ぎて夢に見るんじゃなくて？」

「俺、虐《しいた》げられるの好きじゃないですからね！　褒められて伸びる子なんで！　いやもうマジで、茶の間で寝てる筧が心配して起こしにくるくらい、うなされてるときもあるらしいっすよ」

「それもう大好きなんじゃないの、マジで」

ミチルがますます可笑《おか》しそうに混ぜっ返すので、伊月は不服そうに口を尖らせた。

「笑いごとじゃないですって。仕事モードに入った龍村先生にとっては、俺なんて、いっくらでも交換の利く出来の悪いマシンみたいなもんですよ。ああ、でも」

「でも？」

「こないだ初めて、行政解剖を司法解剖に切り替えるための令状待ちの時間に、俺自身にもちょっと興味持ってくれたかな。自分のプライベートも、少しですけど話してくれたし」

「そこ、具体的かつ詳細に供述して？」

ミチルは論文を放り出し、椅子ごと彼のほうに向く。伊月は苦笑いで、ミチルが差し出した袋から素手でポテトチップスを三枚ほど抜き出した。

「なんで事情聴取みたいに言うんすか。や、大したことはないんですけどね。ふと、『休みの日は何してる？』って訊《き》かれたんですよ。『俺は、掃除して洗濯して食材を買いに出たところで日が暮れるから、あとは旨い肴《さかな》と好きな酒を用意して、リビングのソファーで映画を二本観たら終わる』って言ってました」

「うわ、超龍村君らしい、何の捻《ひね》りもない休日だわ。で、伊月君は何て答えたの？」

伊月はバリバリとポテトチップスを齧《かじ》り、机の上に置いてあったペットボトルの緑茶を一口飲んでから答えた。

「昔は、あちこち遊びに行ってましたけど、今は寝て起きたらもう夕方になってってから、筧がいたら一緒にスーパー行って、いつもよりちょっといい飯作って食って、猫をかまって、洗濯物を畳みまくって、ゴロゴロテレビ観てたら終わるかなあって」

「わーかーるー」

ミチルは呻《うめ》くように相づちを打った。

「なんかさあ、勤務日と休日の他に、家事消化日がほしくない？　休日の大半が、生活のメンテナンスで終わるのよね。楽しみに使う時間が全然足りない！」

「足りない！」

伊月も元気よく同意した。

「だいたい、法医学教室の人間って、いつ司法解剖が入るかわかんないから、無邪気に遊びの約束ができないじゃないですか。いざとなったらドタキャンだよってわかってんのに、旅行の計画とか難しいし」

「まあ、そこはお互い、予定がかぶらないようにカバーし合って回してるけど、でもまあ、そうはいっても人の少ない組織だから、罪の意識は伴うわよね」

「そうそう。それに、でっかい事件だったら、自分が関われないのもなんかビミョーに悔しいですしね。それに、うちなんか、筧がまた刑事で俺よりずっと激務でしょ。ししゃももいるし。旅行は、お互い隠居するまで無理かなって言ってますよ」

しみじみと嘆く伊月に、ミチルはまた笑い出した。

「隠居って！　まだまだ何十年も先じゃない」

「そうだけど、そうなりますって。はー、なんでこんな業界に入っちゃったかな」

「あら、今なら足抜けも簡単よ？　伊月君はまだ院生なんだから」

軽い口調でそう言ってから、ミチルは「でも、逃がさないけどね〜。私のポテチ、食べたわけだし！」と悪い笑顔でつけ加える。

伊月はポテトチップスをもう一枚取ってから、軽くのけぞって逃げる仕草をしてみせた。

「黄泉《よみ》の国の食べ物かよ！　いやでも、冗談はおいて、ここに来たことは後悔してないっすよ。毎日、凄く勉強になるし。ただ、稼ぐ手段はもうちょっとほしいかな。やっぱししゃもに、いい飯食わせたいんすよね。長生きしてほしいから」

「子供が生まれたばかりのお父さんか！」

やはり秒速で突っ込みを入れつつ、ミチルもそれには同意した。

「バイトっていっても、うちは公衆衛生さんが回してくれる健診くらいしかないものね。私には同居人も動物もいないから、伊月君みたいな理由じゃないけど、お金はほしいな。宝くじ買おうかな」

なかなかに本気の発言を聞いて、伊月は興味津々で身を乗り出した。

「お、宝くじ当たったら、何するんです？　仕事やめて悠々自適？」

「んー、仕事は続けるわよ、好きだから。けど、もうちょっと広いマンションに移りたいな。今の家、そろそろつらくなってきた」

かつて一度だけ訪れたミチルの自宅を思い出し、伊月は腕組みしてしみじみと同意する。

「あー、綺麗だったけど、確かに狭かったな！」

「掃除とかは楽でいいんだけど、息が詰まるのよねえ。ああ、お金ほしーい」

「ほしーい！」

切実な部下たちの声が届いたのか、その瞬間、教授室の扉が細く開き、都筑教授が痩軀《そうく》のわりに大きな頭をヒョイと出す。

続いて、扉の陰から出てきたのは、白い紙箱だった。

細い目をパチパチさせつつ、都筑は困ったような微妙な笑顔でこう言った。

「小遣いはやれんで悪いけど、まあ、貰いもんのケーキでも食べえな」

まるで子供を宥《なだ》めるような「差し入れ」に、ミチルと伊月は顔を見合わせる。

「もっとパワフルな黄泉の国の食べ物があそこにあるわ、伊月君」

「食っちゃったら、足抜けしようとした途端、追いかけてくる奴ですね。嫌だな、龍村先生やミチルさんに追われるのも嫌だけど、都筑先生が頭を振りながら追いかけてくるのも、なんか嫌だな！」

伊月のナチュラルな暴言に、都筑は幾分迷惑そうな顔で、それでも紙箱を軽く振ってみせる。

「何をブツクサ言うてんねんな。君らが食べへんのやったら、隣の病理にでも……」

「食べます！」

二人は見事なシンクロぶりで返事をすると、これまた同時にすっくと立ち上がったのだった……。

本書は、二〇一四年四月に小社ノベルスとして刊行されました。

|著者|樾野道流　2月25日生まれ。魚座のO型。法医学教室勤務のほか、医療系専門学校教員などの仕事に携わる。この「鬼籍通覧」シリーズは、現在8作が刊行されている。他の著書に、「最後の晩ごはん」シリーズ（角川文庫）、「右手にメス、左手に花束」シリーズ（二見シャレード文庫）など多数。

池魚《ちぎょ》の殃《わざわい》　鬼籍通覧《きせきつうらん》

樾野道流《ふしのみちる》

講談社文庫

定価はカバーに
表示してあります

2020年2月14日第1刷発行

発行者――渡瀬昌彦
発行所――株式会社　講談社
東京都文京区音羽2-12-21　〒112-8001
電話　出版（03）5395-3510
　　　販売（03）5395-5817
　　　業務（03）5395-3615

Printed in Japan

デザイン―菊地信義
本文データ制作―講談社デジタル製作
印刷―――大日本印刷株式会社
製本―――大日本印刷株式会社

ISBN978-4-06-516531-7

講談社文庫刊行の辞

二十一世紀の到来を目睫に望みながら、われわれはいま、人類史上かつて例を見ない巨大な転換期をむかえようとしている。

世界も、日本も、激動の予兆に対する期待とおののきを内に蔵して、未知の時代に歩み入ろうとしている。このときにあたり、創業の人野間清治の「ナショナル・エデュケイター」への志を現代に甦らせようと意図して、われわれはここに古今の文芸作品はいうまでもなく、ひろく人文・社会・自然の諸科学から東西の名著を網羅する、新しい綜合文庫の発刊を決意した。

激動の転換期はまた断絶の時代である。われわれは戦後二十五年間の出版文化のありかたへの深い反省をこめて、この断絶の時代にあえて人間的な持続を求めようとする。いたずらに浮薄な商業主義のあだ花を追い求めることなく、長期にわたって良書に生命をあたえようとつとめるところにしか、今後の出版文化の真の繁栄はあり得ないと信じるからである。

同時にわれわれはこの綜合文庫の刊行を通じて、人文・社会・自然の諸科学が、結局人間の学にほかならないことを立証しようと願っている。かつて知識とは、「汝自身を知る」ことにつきていた。現代社会の瑣末な情報の氾濫のなかから、力強い知識の源泉を掘り起し、技術文明のただなかに、生きた人間の姿を復活させること。それこそわれわれの切なる希求である。

われわれは権威に盲従せず、俗流に媚びることなく、渾然一体となって日本の「草の根」をかたちづくる若く新しい世代の人々に、心をこめてこの新しい綜合文庫をおくり届けたい。それは知識の泉であるとともに感受性のふるさとであり、もっとも有機的に組織され、社会に開かれた万人のための大学をめざしている。大方の支援と協力を衷心より切望してやまない。

一九七一年七月

野間省一